KONSTANTIN WECKER

SCHON SCHWEIGEN IST BETRUG
DIE KOMPLETTEN LIEDTEXTE

Carola Lauck
8/95

KONSTANTIN WECKER

SCHON SCHWEIGEN IST BETRUG
DIE KOMPLETTEN LIEDTEXTE

VORWORT VON
DIETER HILDEBRANDT

MIT EINEM INTERVIEW
VON GEORG STEIN

P A L M Y R A

Der Verlag dankt allen, die dieses Buch möglich gemacht haben, besonders Dorothea und Alexander Wecker, Konstantin Wecker, Doris Link, Dieter Hildebrandt und Global Musik.

Die Deutsche Bibliothek – CIP-Einheitsaufnahme

Schon Schweigen ist Betrug : Die kompletten Liedtexte / Konstantin Wecker. Vorw. von Dieter Hildebrandt. Mit einem Interview mit Konstantin Wecker von Georg Stein. – Heidelberg : Palmyra, 1994
ISBN 3-930378-00-0
NE: Wecker, Konstantin; Stein, Georg

Hauptstraße 64, 69117 Heidelberg, Germany
Telefon 06221/165409, Telefax 06221/167310

Gesamtkonzept: Georg Stein
Lektorat: Kathrin Razum
Umschlaggestaltung: Georg Stein und Franz Schmucker
Umschlagfoto: Franz Fagner/Global Musik
Satz: Matthias Ries
Druck und Bindung: Clausen & Bosse
Printed in Germany
ISBN 3-930378-00-0

Inhalt

Zu diesem Buch

Die Liedtexte sind in chronologischer Reihenfolge abgedruckt und jeweils der LP oder CD zugeordnet, auf der die entsprechenden Lieder zum ersten Mal erschienen sind. Als Liedtext gilt jeder gesungene oder zu musikalischer Begleitung vorgetragene Text, wobei nur von Konstantin Wecker selbst verfaßte Texte ins Buch aufgenommen wurden. Sämtliche Liedtitel sind im Liedindex am Ende des Buches noch einmal in alphabetischer Reihenfolge aufgeführt.

Vorwort

Was hat er denn, der Konstantin?

Er hat's eben. Er betritt einen Raum, und es ist jemand da. Wenn er wieder geht, fehlt jemand. Steht in diesem Raum vielleicht noch ein Klavier, geht er nicht. Dann kann man einem Liebesakt beiwohnen. Er nähert sich dem Klavier nicht, sondern er unterwirft es sich. Es tut nach kurzer Zeit, was er will. Findet das bei öffentlichen Veranstaltungen statt, hat Konstantin den Vorwurf auszuhalten, das sei ein obszöner Vorgang, habe Vorzeigecharakter und sei nicht jugendfrei. Außerdem müsse man alle Klaviere im Lande davor schützen, Sexualobjekt zu werden, und der Klavierschutzbund tritt in Tätigkeit.

Daß der Konstantin mit dem Klavier was hat, ist eindeutig. Aber was hat er denn? Da vermute ich mal, daß er ein Verhältnis mit ihm hat. Ein bißchen nehme ich ihm übel, daß er in seinem autobiographischen Roman *Uferlos* dieses Verhältnis nicht erwähnt hat. Es hätte mich am meisten interessiert. Vor allem die Frage: Ab wann wurde Konstantin das Lustobjekt des Klaviers? Hat der Orgasmus dazu geführt, daß er anfing zu singen? Ist der Wecker am Ende gar ein Epikureer? (»Genug ist nicht genug«...) Endlich habe ich mir die Frage gestellt, die ich beantworten kann: Nein. Der Wecker ist nicht nur für die Mark unterwegs.

Es wird eine Menge Menschen geben, die bereit sind, darüber Auskunft zu geben, wie sehr das, was er singt, mit dem übereinstimmt, was er tut. Auch da, meint er, ist genug nicht genug. Oft genug habe ich es doch erlebt, daß er an einem Abend, für den er jeden Pfennig an eine Organisation abgeliefert hat, die versprochen hat, es an Bedürftige weiterzugeben, zwei Stunden weitergesungen hat. Auch da war genug nicht genug, der Mann hört überhaupt nicht auf!

Er hat Lieder für zwei Nächte. Ein Publikum, das sich einig wäre darüber, ihn nicht nach Hause kommen zu lassen, hätte Chancen, sein gesamtes Repertoire zu hören. Konstantin ist ein musikalischer Triebtäter. Er ist auch ein Schreibtäter, ein Anteilnehmer, ein Parteinehmer, ein Freund. Alles, was ich mir wünsche.

Moment, eins wünsche ich mir noch: Wir beide volltrunken, und ich versuche Dir Deine Lieder vorzusingen, und Du sagst: »Es ist genug.«

Dieter Hildebrandt

»... Wo dir die Seele sagen läßt: Du mußt ein andrer werden.«

Konstantin Wecker im Gespräch mit Georg Stein

Das Interview wurde am 13. März 1994 in Karlsruhe geführt. Mit dabei war Günter Bauch, ein enger Freund von Konstantin Wecker.

STEIN: Konstantin, du giltst seit vielen Jahren als einer der herausragenden deutschsprachigen Liedermacher. Seit 1972 sind von dir 29 Platten erschienen. Du warst jahrelang für viele immer nur der »politische Wecker« und hattest damit auch deine Probleme, vor allem mit den Alt-Linken aus der 68er Zeit. Für viele warst du aber auch der »poetische Wecker«, der Wecker der leisen, intensiven Zwischentöne. Wenn du diese zwei Seiten rückblickend betrachtest, eine persönliche künstlerische Zwischenbilanz ziehst, wo siehst du dich dann heute in deiner Entwicklung?

WECKER: Mir war schon früher klar, daß das politische Lied insofern ein garstig' Lied ist, als es, wenn es nicht so gelungen ist wie zum Beispiel *Der alte Kaiser* – und dieses Lied wurde auch dementsprechend angegriffen –, der Philosophie der Politik folgen muß, d.h. es muß ein Feindbild haben, und es kann und darf eigentlich nicht so vielfältig sein, wie Poesie oder Kunst überhaupt sein sollte. Deswegen ist da immer ein irrsinniger Widerspruch, und ich bin sehr froh, daß zum Beispiel jetzt – und man sieht, wie schnell das passieren kann –

ein Bert Brecht plötzlich nicht mehr ein Abgott ist, sondern unter »ferner liefen« läuft; man wird sich später immer nur an seine frühen schönen, lyrischen, wunderbaren Gedichte erinnern. Das war mir schon vor 30 Jahren klar, heute hat das die Weltgeschichte ganz schnell bestätigt, das geht ja dann rasend schnell. Ich habe noch nie an die politische Kunst geglaubt. Ich habe geglaubt, daß sich der Künstler als Person des öffentlichen Lebens einzumischen hat und daß wenn ma a Wut hat, daß ma dann schreit. Ich habe auch nie an irgendeine politische Wirkung des Kabaretts geglaubt, drum habe ich mich aus dem Kabarett auch völlig rausgehalten, obwohl ich gut befreundet bin mit einigen Kabarettisten und es auch sehr witzig finde. Aber neulich stand in einer Kritik – das war einer der Sätze, die man sich wirklich merkt aus den Kritiken, sehr schön gesagt –: »Auf kabarettistische Elemente verzichtet er mittlerweile ganz, ist auch gut so, Kabarettisten haben wir genug, Poeten haben wir viel zu wenig.« Und ich denke, das sieht man auch an dem neuen Programm, das ich jetzt mache: Sicherlich sind Lieder wie *Sage Nein!* drin, aber das ist im zweiten Teil des Programms, und es ist das zweite politische Lied; *Questa nuova realtà* ist nicht mehr ein so politisches, und den *Amadeu* singe ich zur Zeit nicht. Auch *Ich habe Angst* ist kein direkt politisches Lied. Das einzige Agitationslied, das ich spiele, ist *Sage Nein!*. Im ganzen ersten Teil spiele ich alte Lieder – zwar musikalisch sehr überarbeitet und einfach jetzt besser, das muß man ja auch mal so sagen, weil man sich ja zum Glück weiterentwickelt – Lieder wie *Genug ist nicht genug*, *Wenn der Sommer nicht mehr weit ist*, *Bleib nicht liegen*. Das sind im Endeffekt die Lieder, die mich immer ausgemacht haben. Man darf ja nie vergessen, ich bin ja wegen eines sogenannten politischen Liedes berühmt geworden, das ich nie als politisches Lied geschrieben habe. Das war für mich die Geschichte von einem Freund, da sitzt er übrigens – im Endeffekt ist er der Willy, und die Narbe, die er da hat, ist die Geschichte. Es war unsere Geschichte, es war ein so privates Lied, daß ich meine Musiker noch gefragt habe, sagt mal, das können wir doch nicht auf Platte bringen, das ist zu privat. Daß genau dieses Lied dann, wenn man so will, mein einziger Hit werden sollte, ist halt... das Interessante. Ich bin froh, daß es das war und nicht irgendein »Umpftata«, denn damit war die Art und Weise, wie ich Hits mache, schon mal ganz deutlich eingegrenzt – Gott sei Dank.

STEIN: Wobei das ja auch typisch für dich ist, daß man das Politische und das Private nie so genau trennen kann.

WECKER: *Amadeu* war schon bewußter geschrieben, den habe ich für den *Scheibenwischer* geschrieben, eine ganz konkrete Aufgabe, und da habe ich halt auf meinen alten *Willy* zurückgegriffen. Der *Amadeu* ist genauso wie *Sage Nein!* ein programmatisches Lied. Der *Willy* war das Erzählen eines persönlichen Erlebens, das zufällig auch noch mit Nazis zu tun hatte. Ich habe dieser Tatsache, daß das Nazis waren, gar nie so viel Wert zugemessen. Das hätten auch irgendwelche Rocker sein können, oder was weiß ich. Aber was an dem *Willy* geliebt wurde, war diese neue Form von Ehrlichkeit, die in dem Lied auftaucht, die man bis dahin nicht kannte; überhaupt die neue Form, und dann, daß es ein archetypisches Thema anspricht: Was würde ich tun, wenn ich heute fünf Neonazis gegenüberstände, die bewaffnet sind und Türken niederschlagen – greife ich ein und laß mich halt mit niederschlagen, oder bleibe ich eben doch feige draußen. Dieses Problem, das wir alle miteinander haben, ist im *Willy* ausgedrückt – sehr geschickt, muß ich sagen, ich habe das Lied in zehn Minuten geschrieben, ich hatte keine Zeit, geschickt zu sein: Wir haben Pause gemacht beim Proben, oben war noch ein Klavier... den Refrain, »Gestern habns an Willy daschlagn«, den hatte ich, und dann war das in zehn Minuten fertig, unbedacht.

STEIN: Du hast zwar eben gesagt, daß du selbst nie geglaubt hast, daß Lieder politisch etwas bewirken können. 1977 hast du aber geschrieben: »Das Wort muß eine Faust sein« – ein typischer Wecker-Satz, etwas dramatisch –, und du hast auch mal gesagt, daß Lieder nur Mut machen können – das heißt, sie können also doch ein bißchen was bewirken – und daß Kunst auch immer anarchistisch sein sollte, der Künstler immer Anwalt des Individuums sein sollte. Wie siehst du das heute?

WECKER: Zuerst mal ist die Frage: Was will man bewirken? Ich glaube schon, daß Kunst etwas bewirkt. Und zwar sehr viel, ich glaube, daß wir ohne Kunst und Kultur noch auf den Bäumen herumhängen würden – naja gut, heute schlagen wir uns die Schädel auch ein, aber es hätte wenigstens nicht eine gewisse Elite gegeben, die sich weiterentwickelt hat. Das war nur durch Kunst und Kultur möglich. Ich glaube, daß Kunst zum Beispiel Medizin sein kann, daß Kunst Lebensmittel sein kann, was es für mich ist – natürlich nicht nur meine eigene, wohlgemerkt, sondern die Kunst anderer. Ich glaube, daß Kunst für die da sein muß, die keine Lobby haben, die keine Partei haben, die, wie der Hanns Dieter Hüsch so schön sagt, seitlich Umgeknickten, für die, die von keiner Kirche und keiner Sekte eingefangen werden können, von keiner Dogmatik, von keiner Ideologie – da gibt es einige, viele, und bei denen bewirkt Kunst wahnsinnig viel. Ich habe nur gesagt, Kunst kann politisch nichts ändern – überleg mal, würde sie das können, wäre sie doch eine Scheißkunst. Wenn ich heute erreiche, daß der Kohl abgewählt wird wegen eines Liedes, dann könnte man sich vielleicht drüber freuen als Kohl-Gegner, aber es würde heißen, daß doch eine sehr demagogische Kraft im Spiel war, die mit dem Wesen der Kunst überhaupt nichts zu tun haben kann.

BAUCH: Und vor allem bräuchte man dann nur ein anderes Lied, das Gegenlied, um den Kohl wieder hinzuwählen.

WECKER: Ja, das wäre die Gefahr an der Geschichte. Das gibt's ja durch Werbung. Das Derivat der Kunst ist ja die Werbung, da bedient man sich künstlerischer Mittel, macht das auch noch saugut in vielen Fällen – oder der Popsong, der ist ja auch nichts anderes als ein Geldverdienen mit künstlerischen Mitteln, mit Mitteln der Musik eben, aber das hat mit Kunst nichts zu tun. Das, was du vorhin dramatisch genannt hast – du wolltest wahrscheinlich sagen pathetisch – ist richtig. Ich glaube das, was wir bei großen Lyrikern wie Rilke und Benn zum Beispiel besonders schätzen, das ist mir erst in der letzten Zeit so ganz deutlich aufgefallen, ist ihre Hingabe an das, was sie wirklich tun: nur noch, wie Rilke so schön sagt, die Welt ins Herrliche zu verklären durch diese Aufgabe, sich dem Wort hinzugeben – in diesem Fall dem Wort, in anderen Fällen eben dem Ton –, ohne sich abzusichern durch ein kleines zynisches Nebensätzchen, was wir alle normalerweise tun, ohne das Ganze wieder zu relativieren durch einen ironischen Schluß, sondern mit einer gnadenlosen Offenheit von Engeln zu sprechen, die eben schrecklich sind. Da läufst du natürlich voll ins Messer, bei allen Menschen. Und dieses Ins-Messer-Laufen macht für mich immer noch den Künstler aus. Wir sind in Deutschland nicht reich gesegnet mit solchen Leuten, weil uns die Juden fehlen, weil uns das Pathos der jüdischen Kultur fehlt, das uns gestohlen wurde bzw. nach Amerika verfrachtet wurde, und weil wir als Besatzungskinder immer noch das Gefühl haben, wir müssen irgendeinem großen Besatzer recht geben und zujubeln und seine Pseudokultur bei uns ernst nehmen. Natürlich gibt es schon auch Kultur drüben, aber die wird nicht zu uns gebracht. Was zu uns gelangt, ist der McDonald's und die schlechte Musik.

STEIN: Du bist politisch immer sehr vereinnahmt worden. Du wolltest das zwar nie, aber es gab genügend Leute, die in dich und deine Kunst vielleicht sogar ihre eigenen politischen Vorstellungen reinprojiziert haben. Es gibt ja auch heute noch Künstler – das fing Anfang der Sechziger mit Bob Dylan und Joan Baez an –, die so eine Art Ersatzfunktion für das übernehmen sollen, was man selbst nicht macht. Wie wehrt man sich als Künstler gegen diese politische Vereinnahmung?

WECKER: Indem man keiner Partei beitritt, das ist das erste. Indem man irgendwann einmal versucht, nicht jeden Aufruf zu unterschreiben, der einem zugeschickt wird, selbst wenn man ihn eigentlich geistig unterstützen könnte, indem man immer wieder in Interviews etwas erklärt. Aber am besten wehrt man sich durch das, was man schreibt, und durch seine Konzerte. Es gab ja früher genügend Leute, die ins Konzert gegangen sind, weil sie gedacht haben, da kommen jetzt zwanzig *Willys* hintereinander, und dann waren sie bitter enttäuscht, als ich mit *Genug ist nicht genug* und *Wenn der Sommer nicht mehr weit ist* und *In diesen Nächten* ankam, und sind dann auch dementsprechend aufgestanden und gegangen. Die haben geschrien »*Willy*!«, und ich habe gesagt, der kommt schon noch, aber das war ihnen zu spät, und da sind sie gegangen. Die haben sich halt gar nicht drauf eingelassen, was ich sonst noch tun könnte. Oder ich mußte mir bei einem meiner schönsten Lieder, *Wenn der Sommer nicht mehr weit ist*, jahrelang von irgendwelchen Balkonen »Kitsch, aufhören!« zurufen lassen. Also, ich habe schon sehr gegen die Zeit gekämpft. Mir kam meine körperliche... ja, sagen wir, meine Körperlichkeit sehr zugute in solchen Fällen, weil irgendwo schreckt man nicht so zurück – den armen Hanns Dieter haben sie ja verfolgt und kein Konzert mehr singen lassen, und in der gleichen Zeit haben sie mich singen lassen, weil, ich bin ja selber ab und zu mal von der Bühne und hab einen verprügelt, wenn's sein hat müssen.

STEIN: Ich habe das selbst mal in Heidelberg erlebt, als jemand dauernd gestört hat; da wärst du aber wirklich fast runtergesprungen.

WECKER: Ich *bin* runtergesprungen, habe ihn am Kragen gepackt und habe gesagt, das ist meine Party, und die zerstörst du mir nicht. Es war nämlich ein wunderschöner Abend, und ich habe ihn dann – das hätte ich mich früher nicht getraut, das muß ich sagen, da war man doch etwas zu feige – von Ordnern abführen lassen. Früher hätte man sich gesagt, das kann man nicht machen, man kann nicht als Anarchist zu einem Ordner gehen, jammern und sagen, jetzt führ den Mann ab. Ich hätte es ja auch so machen können, ich hätte sagen können, schickt den Ordner, führt den Mann weg – das wäre gegangen. Ich habe mich schon teilweise mit eingemischt, aber ich hatte ja auch die Zeit nicht mehr, diesen Mann dann nach draußen zu begleiten... [lacht]. Außerdem hätt's dann wirklich eine Schlägerei gegeben, verstehst du, und das mußte in diesem Fall nicht sein. Nein, ich misch mich ein, ich misch mich weiterhin mit ein – ob das in meine Texte mit hineinfließen wird, ist etwas ganz anderes. Ich schreibe zur Zeit einen Gedichtband, der sich nur mit der Liebe beschäftigt – natürlich in einem anderen Sinn als meine Liebeslieder, die ich bis jetzt geschrieben habe, es sind auch keine Liebes*lieder*. Das ist natürlich ein ganz breitgefächertes Thema: Was ist das Wesen der Liebe, ist es ein metaphysisches Prinzip, an dem wir uns gestalten können, woran ich glaube, ist es im Endeffekt vielleicht sogar wirklich – was wir ja früher immer so verdammt haben – ein göttliches Prinzip im dem Sinne, daß man nur durch Liebe überhaupt aufsteigen kann in ihre höheren Ebenen, und so weiter. Das wird aber nicht explizit ausgedrückt im Gedicht.

STEIN: Die Liebe kann also mehr verändern als die Politik?

WECKER: Ja, garantiert. Ich meine, das ist überhaupt keine Frage. Ich muß ehrlich sagen, ich bin ein Bewunderer von Petra Kelly, nach wie vor – was heißt nach wie vor, vielleicht »nach« noch mehr, übrigens auch von Gert Bastian –, aber die Petra hat immer eine Ausstrahlung gehabt, die mich so angezogen hat, daß ich das erste Mal mir untreu geworden bin und für die Grünen Wahlkampf gemacht habe, also ganz konkret eine Wahlkampftour für eine Partei, damit die die Fünf-Prozent-Klausel überwinden. Mittlerweile haben sie sie leider überwunden, und jetzt [lacht] haben wir unseren Ärger mit denen. Aber es war auch abzusehen – es war abzusehen, wenn sie eine etablierte Partei werden, daß sie dann was anderes werden und daß es dann bestimmten Ärger gibt.

STEIN: Du würdest aber heute wohl keinen Wahlkampf mit Rudolf Scharping machen – es ist ja bekannt, daß du mit ihm relativ eng befreundet bist...

WECKER: Ja, das ist ein echtes Dilemma für mich.

STEIN: Darf ich mal fragen, wo eine solche Freundschaft herrührt? Scharping ist ja jemand, der zum Teil leider auf sehr populistische Themen setzt, gerade auch in der Ausländerfrage.

Es gibt für mich Bereiche, wo Kohl und Scharping fast schon austauschbar sind. Für mich ist er übrigens relativ profillos... Aber es interessiert mich, wie so eine Freundschaft entsteht, die ja über Politik dann wohl hinausgeht.

WECKER: Wir zwei reden überhaupt nicht über Politik. Wir reden über Kunst. Scharping ist, was nicht so bekannt ist, ein sehr kulturvoller Mensch, der viel gelesen hat, der sich gut auskennt. Er ist nicht so ein wahnsinniger Kunstfanatiker wie Otto Schily, der für mich der künstlerischste aller Politiker ist, aber er weiß viel. Und er hat den Vorteil gehabt, daß er ein Fan von Konstantin Wecker und Hanns Dieter Hüsch ist – Fan heißt in dem Fall wirklich: Er war in meinen Konzerten, und man trug mir nachher zu, daß er da war, er wollte gar nichts von mir. Und dann haben wir uns irgendwo einmal kennengelernt, weil er unbedingt Hüsch und Wecker zusammenbringen wollte, was geklappt hat: Wir zwei haben ein ganz tolles Programm gemacht, abwechselnd gespielt, ich habe ihn begleitet – und das hat Scharping zuwege gebracht. Wir waren dann bei ihm zuhause, ich hatte das Gefühl, der läßt die Kultur nicht links liegen, und er war mir als Mensch außerordentlich sympathisch, und dann haben wir uns angefreundet. Er war auch mal bei mir in Italien, leider war er da schon Ministerpräsident, das hieß, wir hatten 88 Carabinieri vor der Tür – und trotzdem war's eine sehr schöne Zeit. Nur: Macht man nun Wahlkampf?

STEIN: Noch einmal zur Frage des politischen Widerstands. Du hast kürzlich im Zusammenhang mit deinem Roman *Uferlos*, der ja sehr zerrissen worden ist in den Medien...

WECKER: Auch gelobt wurde...

STEIN: ... gesagt, Widerstand muß sowieso nicht generell politisch sein, ich habe die letzten Jahre unheimlich viel persönlichen Widerstand zu leisten gehabt. Kannst du das etwas konkretisieren? In der *Süddeutschen Zeitung* stand, daß *Uferlos* totale Gefühlsduselei sei, was ich übrigens nicht so sehe. Du hast gesagt, die meisten Rezensenten hätten gar nicht kapiert, daß da auch unheimlich viel Selbstironie mit dabei war.

WECKER: Ja, es ist ein lustiges Buch.

STEIN: Aber man merkt immer wieder, selbst manchmal bei den Ansagen auf der Bühne, daß dir diese Kritik doch viel ausgemacht hat.

WECKER: Nein, es hat mir nur am Anfang was ausgemacht, weil es so gebündelt kam und ich damit nicht gerechnet habe. Es kam so überraschend für mich, diese feindschaftliche Haltung zu dem Buch – nicht beim Käufer und nicht beim Publikum, sondern wirklich bei den Rezensenten, da waren sich alle einig. Die *Süddeutsche* – und sowas kann man auch wirklich mal schreiben, finde ich – schreibt seit vier, fünf Jahren schlecht über mich, oder sie läßt es bleiben. Wenn ich mal Dinge tu, wo man nicht direkt schlecht über mich schreiben kann, das gibt's ja ab und zu mal, wenn man so eingebettet ist bei anderen, dann läßt sie's einfach bleiben, dann werde ich totgeschwiegen. Ich meine jetzt nicht »Münchner Kultur«, sondern ich meine wirklich die Kulturseite der *Süddeutschen* – da müssen ein paar Leute sitzen, die mich einfach hassen. Daß ich gehaßt werde, weiß ich, und daß ich wegen *Uferlos* von manchen Leuten gehaßt werde, weiß ich auch. Es ist mir mittlerweile einigermaßen klar – weil ich ja merke, wie mir in diesem Fall die schlechten Rezensionen trotzdem oder gerade deswegen sogar einen guten Buchverkauf beschert haben –, wo der Haupthaken liegt, und das ist der Neid. Denn die Sprache stimmt, sie wird dann poetisch und interessant, wenn das Wesentliche an dem Buch rauskommt, das ist am Ende des Buches, da wird's ja auch weckerisch. Am Anfang ist es eine Reportage, es ist eine Reportage über ein saugutes Leben, bis zu einem bestimmten Punkt. Und es gibt viele Menschen, die wirklich bezweifeln – jetzt kommt der Witz –, die wirklich bezweifeln, daß es sowas gibt, daß man so lebt, und meinen, ich würde angeben damit. Ich habe ein Zehntel von dem geschrieben, was ich wirklich erlebt habe, sonst hätte mich Elke Heidenreich öffentlich verbrannt, wahrscheinlich. Wenn ich wirklich vom Ficken geschrieben hätte ...

STEIN: Wird es eine Fortsetzung von *Uferlos* geben, vielleicht eine Art Gesammelte Werke in zehn Bänden?

WECKER: Nein, aber es würde mich wirklich mal reizen, ein erotisches Buch zu schreiben, denn was die Menschen mehr aufgeregt hat als das Kokain, waren die vier Szenen und gleich die Anfangsszene mit der Gräfin. Da haben sie sich ja sowas von aufgeregt, das gibt's gar nicht, dabei ist die witzig.

STEIN: In der *Süddeutschen Zeitung* stand: Wecker will immer beweisen, daß er ein toller Hund ist, er ist gefühlsduselig und macht einen auf Narzißmus.

WECKER: Nein, die meisten meinen, dem Roman würde das Gefühl fehlen. Wenn dann wieder einer schreibt, er sei gefühlsduselig, ist das komisch – die meisten sagen ja, das ist genau, was ihm fehlt.

STEIN: Was ich an dem Buch viel wichtiger finde, ist seine Ehrlichkeit. Du hast in einem *stern*-Interview zu dem Buch gesagt, daß es für dich ein innerer Konflikt war, der dich zum Kokain getrieben hat. Du hättest das Gefühl gehabt, deine Lieder seien ehrlicher und echter als du selbst und dein Erfolg bis dahin habe dich selbstherrlich gemacht. Den Prozeß, wie es dazu kam, fände ich interessant, denn das wird ja in dem Buch gar nicht weiter beschrieben, was war das denn konkret?

WECKER: Zuerst muß man mal klarstellen, und da können sie mich lynchen dafür, ich werde weiterhin zu diesem Satz von Gottfried Benn stehen: Ein hochentwickeltes Gehirn ernährt sich nicht durch Milch, sondern durch Alkaloide. Es tut mir herzlich leid, ich stehe zu der Tatsache, daß die Menschheit Drogen hat und daß es Drogen gibt und daß man sie gebraucht. Und daß Drogennehmen abhängig machen kann, ist klar – alles, was schön ist, und alles, was einem was bringt, kann abhängig machen. Übrigens kann auch Spießertum abhängig machen. Es gibt Leute, die sind der Droge Spießertum in einem Maß verfallen, daß es schrecklich ist. Und ich lasse mir von einem Zeitgeist, der jetzt heute am laufenden Band nichts anderes tut, als sich um diese – gegenüber dem Straßenverkehr – lächerlich wenigen Herointoten zu kümmern, damit ein Feindbild aufgebaut wird, ich lasse mich von diesem Zeitgeist nicht einschüchtern.

STEIN: Dann ist auch ein Reinhold Messner süchtig?

WECKER: Ja, das kann man sagen. Also, wenn ein Triathlet nicht abhängig ist, also nicht drogenabhängig, aber ein Süchtiger, dann weiß ich nicht, was Sucht ist. Ich habe gerade wieder ein Morgenstern-Gedicht gelesen, ähnlich wie die Nietzsche-Geschichte, »Flamme bin ich sicherlich«: Es war immer das Wesen der Künstler, daß sie riskant gelebt haben, daß sie das Risiko aufgesucht haben, weil sie gewußt haben, daß nur im Grenzbereich eine Erfahrung möglich ist. Und heute wird das natürlich gerne weggenommen, weil die Kunst, die ehrliche Kunst, heute keine Chance mehr haben soll. Denn verkauft werden soll ja der Mist, den der Produzent selber schreiben kann und den der Toningenieur selbst komponieren kann.

STEIN: Wichtige Literaten wie Gottfried Benn oder auch Georg Trakl, die für dich literarische Vorbilder waren, haben auch Kokain genommen. War das vielleicht mit ein Grund, warum du Kokain genommen hast?

WECKER: Das *war* der Grund. Das waren meine Vorbilder, und die haben gekokst. Meine Vorbilder wollten nie meine Vorbilder sein, übrigens [lacht] – Gottfried Benn wollte niemandes Vorbild sein und am allerwenigsten wahrscheinlich auch meines, er hat einfach geschrieben. Ich habe ihn mir privat als Vorbild ausgesucht – es kann sich ja auch jemand den Junkie von nebenan als Vorbild aussuchen, dann ist er ein Junkie. Ich bin dem Benn nicht böse deswegen, ganz im Gegenteil. Ich habe einiges von ihm besser verstanden, denn er nahm ja wie viele Ärzte nicht nur Kokain sondern auch Morphium – ob abhängig, weiß ich nicht, aber er hat das alles genommen, was so auf dem Plan steht und stand, und die ganzen zwanziger Jahre, die Künstler der zwanziger Jahre waren davon bestimmt. Kokain hat mich ganz speziell interessiert, weil ich mir schon gedacht habe, daß Heroin eine Droge ist, die mich a bissel eher runterzieht, drum war ich auf die nicht besonders scharf – und da habe ich mir gedacht, das könnte was sein, was mir nochmal einen Push gibt.

STEIN: Gottfried Benn war auf der Suche nach dem sogenannten absoluten Gedicht. Glaubtest du denn das absolute Gedicht, von Form und Inhalt her, aber auch in Verbindung mit deiner Musik, durch die Droge erreichen zu können? Wie hat das Kokain konkret dein Schreiben beeinflußt? Hat es dich nur abgestürzt, oder gibt es Lieder, Texte, Gedichte, wo du sagen würdest, die sind wirklich durch die Droge herausragend geworden?

WECKER: Es gibt Lieder und Texte und Gedichte, die hätte ich nicht geschrieben, wenn ich nicht Erlebnisse mit Kokain gehabt hätte, aber es ist nicht so, daß die Droge konkret das Schreiben beeinflußt, denn in dem Moment, wo man schreibt, ist man sowieso auf einer anderen Droge, nämlich auf der Droge Schreiben. Nur das Wachbleiben ist wichtig und der Autismus. Du wirst als Künstler, der auch Interpret ist – was Leute wie Benn ja nicht waren –, der in der Gesellschaft steht, der viel zu tun hat, anderes, leider, als nur schreiben – das Interpretieren mach ich ja gerne, auf der Bühne stehe ich gerne, aber es gibt halt anderen Schmarrn, den man so manchmal tut und tun muß, das kennst du selber – du wirst immer weniger autistisch. Das ist aber notwendig, um Lyrik zu machen: Du mußt ganz in dir selber drin sein, um von innen heraus etwas zu schaffen. Und du mußt auch einen Fanatismus entwickeln, daß du wirklich über Stunden an einem Gedicht sitzt, weil, was ist denn heutzutage schon ein Gedicht – man muß ja ein Wahnsinniger sein, ich mache das jetzt seit vier Wochen, ich opfere meinen Schlaf für die Tatsache, ein paar Gedichte zu machen, und ich weiß, daß es das wert ist für mich. Aber ich habe meinem Verlag schon gesagt, ihr werdet euch ärgern, weil ein Gedichtband sich, wie ihr wißt, nicht annähernd so gut verkauft wie ein Roman. Dann sagten die – das ist natürlich wieder ein Verlag im Unterschied zur Plattenfirma –: »Ach Gott, wir haben an Ihnen schon so viel verdient!« Das ist hochanständig, die Plattenfirma würde sagen, bist du wahnsinnig! – vielleicht auf eine etwas charmantere Weise, aber die würden mich zu überreden versuchen, doch jetzt mit dem Quatsch aufzuhören, mit diesem pubertären Kunstquatsch, und endlich mal was zu machen, was Geld bringt, was Anständiges. Die Suche nach diesem absoluten Gedicht, die ist natürlich da, und es wird auch beim Älterwerden immer schwieriger, sich die Zeit zu nehmen, die Verzweiflung zu nehmen zum Schreiben. Als Achtzehnjähriger schreibst du ja... wennsd an mißglückten Aufriß ghabt hast, dann gehst sofort nach Hause und schreibst. Mittlerweile zieht man sich vielleicht Fernsehen rein. Oder man hat keine mißglückten Aufrisse mehr, weil man gar nimmer da aufreißt, wo's mißglückt [lacht] – da probiert man's schon gar nicht. Das ist schon wahr, ich habe immer darum gekämpft, großspurig davon geredet, daß man lebendig bleiben muß, daß man riskant leben muß, und habe gemerkt, daß gerade jetzt in den letzten Jahren – da hat sich eben radikal viel bei mir verändert in der letzten Zeit –, daß ich eigentlich schon wieder auf dem Weg zum Behäbigwerden bin und anfange, meine Kunst nur noch zu verwalten. Das kann zwar gut gehen, und du kannst dann immer noch Platten verkaufen und ein Publikum haben, aber dir selbst geht's nicht gut dabei.

STEIN: Es ist ja wohl kein Zufall, daß dein Roman, nach dieser gesamten Odyssee von Bali, New York, Kolumbien, München, hin und zurück, in Italien bei einem katholischen Priester aufhört, Don Gino, von dem du sagst, daß er dir beigebracht hat, mit deinem Alleinsein umzugehen. Für die meisten Leute bist du ja nun wirklich jemand sehr Berühmtes, du hast Erfolg seit über zwanzig Jahren, und von Leuten wie dir denkt der Normalsterbliche draußen auf der Straße oder der Konzertbesucher eigentlich nicht, der könnte ähnliche Probleme haben wie ich, der könnte auch allein sein – was hast du denn damals gelernt?

WECKER: Da kann ich mit Benn antworten: Wer allein ist, ist auch ein Geheimnis, immer ist er in der Bilderflut – das Alleinsein ist ja eine notwendige Sache, das konnte ich früher sehr gut. Das verlernst du natürlich, wenn dich der Erfolg in der Weise verwöhnt, daß du dauernd irgendwie gute Erlebnisse hast mit dem Nichtalleinsein. Du kommst in eine Kneipe und kriegst ein Bier ausgegeben, oder du wirst angefeindet und kannst streiten, auf jeden Fall bist du plötzlich wer... Und das Alleinsein – da schließt sich der Kreis der Droge wieder: Kokain kannst du natürlich auch nur zum Plappern mit anderen verwenden und um in Diskotheken zu gehen, aber wenn du die Droge alleine verwendest, was die wenigsten tun, dann zwingt sie dich in eine Einsamkeit und in ein alleiniges Weltgebäude, wo sich dir neue Bilder öffnen. Aber das muß ich schon klarstellen: Ich glaube nicht daran, daß die Droge selbst dir beim Schreiben hilft. Denn sonst müßte jeder Drogensüchtige plötzlich zum Dichter werden, und das ist nicht möglich, sondern sie kann etwas unterstützen, was gedanklich als Ansatz bei dir da ist. Sie kann auch absolut blöd machen. Gerade so intensive Drogen wie Kokain, wenn du sie mit dummen Menschen verbringst, das ist eine Katastrophe. Dann wirst du völlig fickerig und wünschst dir auf der Stelle wegzugehen. Aber ich könnte mir vorstellen, sich mit Goethe ein paar Stunden auf Koks zu unterhalten, das muß der Hammer sein. Da würde ich die olle Droge wieder auspacken [lacht].

Ich habe mit dem *Uferlos* kein Bangen. In zehn Jahren wird man wissen, was *Uferlos* bedeutet, es ist so gegen den Zeitgeist geschrieben, daß ich keine Frau in dem Buch habe, die mich erlöst. So ist es doch zur Zeit, in jedem Film ist es so: Eine Frau erlöst den Mann, durch Familie am besten noch. Durch eine moderne Familie mit Doppelnamen. Es ist ein Priester, da haben ja schon manche ein rotes Tuch gesehen, weil als Figur ein Pfarrer vorkommt, den ich aber auch noch so witzig beschreibe, daß er eigentlich gar nicht soviel mit der Kirche zu tun hat.

STEIN: Wie entstehen denn deine Lieder in der Regel? Was ist zuerst da, Text oder Musik?

WECKER: In den meisten Fällen ist es der Text, wobei mir bei einem Text sofort immer auch eine Musik einfällt, nicht nur bei eigenen. Bei dem Echtermeyer/Von Wiese, das ist so ein schöner Gedichtband aus der Schule, wo von Hans Sachs bis Peter Rühmkorf alles drinsteht, da setze ich mich hin und improvisiere die Lieder am Klavier in diese Texte hinein – bis auf Rilke, der ist unvertonbar, und Benn ist unvertonbar. Jeder Satz hat eine eigene Melodie für mich, die ich mir zum Teil nach fünf Jahren noch merke, wenn ich sie einmal improvisiert habe, obwohl ich mir eigentlich gar nichts merken kann. Als hätten Sätze eine bestimmte Melodie schon in sich. Auf der anderen Seite gehöre ich zu denen, die Texte vertonen, und drum muß natürlich schon der Text vorher da sein. Wenn man an sowas denkt wie *Hexeneinmaleins* – das ist ein vertonter Text, eindeutig. Da kann mir nicht vorher die Melodie einfallen, und dann sage ich, jetzt machst du einen duften politischen Song drauf. Ich vertone Texte, und ich denke, das ist auch notwendig, wenn man Texte hat, mit denen man sich ausdrücken will, die man mitteilen möchte. Wenn man Texte nur hat, damit es auch ein paar Mark von der GEMA dafür gibt, weil sich Text eben besser verkauft als ein Musikstück ohne Text, dann ist das was anderes.

STEIN: Du hast gesagt, daß man im Laufe der Jahre träge wird, selbstgefällig. Leidet darunter auch die literarische Qualität?

WECKER: Ja natürlich. Das Schlimme ist ja, daß man das währenddessen nicht merkt. Niemand merkt, wenn er in eine Phase rutscht, also eine private, persönliche Phase – in dem Moment, wo du träge wirst, weißt du das noch nicht. Du merkst es nachher, wenn du dich vielleicht selbst drauf aufmerksam gemacht hast oder wenn dich das Schicksal drauf aufmerksam gemacht hat. In dem Moment, wo du in einem Weltbild steckst, an das du glaubst, verteidigst du es ja auch bis zum Schluß – wenn du das Glück hattest, in ein neues hineingeworfen zu werden. Ich habe seit zwölf Jahren zum ersten Mal wieder einen Gedichtband in Angriff genommen, und ich werde, nachdem das mit dem Trio so schön funktioniert hat, meine nächste Platte mit dem Trio einspielen, weil ich der Meinung bin, das ist eine optimale Situation, und da gibt's natürlich auch schon wieder Stimmen, die sagen, ja bist du wahnsinnig, jetzt haben wir mit *Uferlos* endlich mal CDs von dir verkauft, und jetzt wirst du wahrscheinlich zwanzig Minuten Gedichte sprechen und drunter das Trio spielen lassen – vielleicht. Ich habe mir immer einen kommerziellen Wurm reingeschlagen – Wurm in dem Sinne, daß ich gegen meine eigene Kommerzialisierung war, obwohl ich gerne das Geld mitgenommen hätte, das darf man nicht vergessen. Ich weiß nur eines: Ein einziger Hit kann dich vernichten, einen Künstler wie mich. Ich hatte Glück mit dem *Willy*, der war stilistisch so eigenartig, daß es ging. Aber das könnte einen so vernichten, daß man todunglücklich wird.

STEIN: Der *Amadeu* ist eine politische Fortschreibung vom *Willy*. In den Medien ist viel darüber spekuliert worden, wie dieses Lied entstanden ist – nicht wenige meinten, das hat der Wecker gemacht, um aus der »*Uferlos*-Krise« herauszukommen.

WECKER: Ich muß jetzt eins sagen, man meint doch nur, daß es eine Krise sei – ich bin doch durch *Uferlos* überhaupt erst wieder ins Gespräch gekommen. Du mußt es ja auch mal anders sehen. Ich war Jahre vorher nicht mehr im Gespräch. Kein Mensch hat sich um Wecker gekümmert. Ich hatte mein Stammpublikum, das ich immer hatte, und das ich wahrscheinlich – hoffentlich – auch noch zwanzig Jahre haben werde, aber interessant war nichts mehr. Plötzlich kommt jemand wieder ins Gespräch – warum? Weil er Verrisse hat? Die Platte hat eigentlich keine Verrisse bekommen, sehr wenige. Das Buch eben meistens aus moralischen Gründen, aber nun weiß man ja auch wirklich aus der Weltgeschichte, daß noch nie, noch nie ein Stück, ein literarisches, eine Oper oder irgendwas – bis auf ein paar Ausnahmen bei Verdi –, das hernach ein wirklicher Erfolg wurde und in der Geschichte Bestand hatte, von den Kritikern erkannt worden ist. Die *Carmen* – den Mann haben sie getötet; die *Traviata* ist fertiggemacht worden – die Kritiker haben eigentlich noch nie recht gehabt. Ich muß ehrlich sagen, ich habe einen Punkt gehabt, wo ich meinem Büro gesagt habe: Auswählen, alles, was das Buch betrifft – ich möcht die guten lesen, und die schlechten: am Arsch. Ich will sie gar nicht lesen, dann ärgere ich mich nicht – wenn du was liest, ärgerst du dich trotzdem, keine Frage, und ich nehme Kritiker nicht ernst, ich darf auch mein Publikum nicht ernst nehmen. Ich nehme es schon ernst, das ist jetzt sehr mißverständlich, aber wenn das Publikum etwas *fordern* würde von mir, dürfte ich es nicht ernst nehmen, verstehst du? Ich muß mein Publikum ernst nehmen, und ich nehme es ernst: Ich habe mich gestern zum Beispiel bei meinem Publikum bedankt – ich habe mir gedacht, man kann sich bei seinem Publikum auch mal bedanken –, daß es in dieser Zeit und mit einer solchen Besetzung (mit Klarinette, Klavier und Keyboard und Gedichte sprechend, ich habe mehrere Gedichte gesprochen) möglich ist, daß da zweitausend Leute irgendwohin kommen und sich dran freuen und ruhig sind. Dafür wollte ich ihnen danken, das ist ein großes Glück, daß man sowas erleben darf. Ohne Fernsehen und ohne Show-Spektakel.

STEIN: Für mich ist es immer wieder ein Ereignis, dich auf der Bühne zu sehen. Bei deinen Konzerten ist nichts gekünstelt, man sieht, da ist ein Mensch, der lebt sich auf der Bühne aus, der schwitzt, der lebt seine Musik, seine Inhalte – was bedeutet das für dich? Auch Live-Auftritte werden ja wohl irgendwann zur Routine. Selbst zu sagen, vielen Dank, ihr wart ein nettes Publikum...

WECKER: Nein, das habe ich nie gesagt, drum betone ich so einen Satz – das ist das erste Mal in meinem Leben, daß ich mich bei meinem Publikum bedankt habe.

STEIN: Kannst du noch etwas zu deinen musikalischen Vorbildern sagen? Es ist ja bekannt, daß im Bereich des politischen Kabaretts über Jahre hinweg Hanns Dieter Hüsch ein Vorbild für dich war. Wie weit geht der Einfluß etwa von Carl Orff, Kurt Weill oder Hans Eisler?

WECKER: Meine große Liebe und das größte Vorbild, weil ich ihn für den genialsten Opernkomponisten aller Zeiten halte, ist Puccini. Das ist wirklich meine große Liebe. Und wenn man Puccini liebt, dann besorgt man sich's auch, also man schaut sich die Partitur an, man entdeckt, was er für ein unglaublich moderner Hund ist, was er schon für bi-tonale Akkorde drinhatte. Der Dauner und der Herbolzheimer, beide früher völlig uninteressiert an Klassik, beide kommen auf Puccini, und das hat einen Zusammenhang, weil die Jazzakkorde, die man heute spielt – *Nessun dorma*, das berühmte

Nessun dorma, das hat am Anfang diesen berühmten 7#11/13-Akkord, der in jeder Bar bis zum Erbrechen gespielt wird. Gustav Mahler ist ein Vorbild. Carl Orff in einer gewissen Weise – ich habe ihn ja noch kennenlernen dürfen –, weil ich die *Carmina Burana* für eines der größten Werke dieses Jahrhunderts halte – es gäbe keine Minimal Music ohne *Carmina*, und es gäbe keine Chöre in der Werbung. Aber was ich euch insgeheim sage: Wer Puccini gut kennt und Orff, weiß, daß die *Carmina* aus der *Turandot* geklaut ist – nein, geklaut ist zu hart, aber wenigstens lebt in der *Turandot*. Also, ich habe Sachen gefunden... Geklautes trau ich niemandem zu, weil, ich denke, man hört etwas oft, man kennt etwas, und dann verwendet man es einfach weiter.

STEIN: Mal abgesehen von den Klassikern – hörst du denn auch gegenwärtige Musiker? Es gab früher viele Leute, die dich, hinsichtlich der Kontinuität, aber vor allem auch in Hinblick auf die literarischen Qualitäten, mit Bob Dylan verglichen haben. Hörst du so jemanden? Du hast ja vor einigen Jahren auch eine Tournee mit Mercedes Sosa und Joan Baez gemacht.

WECKER: Naja, die Mercedes ist ein Ausnahmefall, weil die so eine verzaubernde Stimme hat und eine zauberhafte Persönlichkeit; die Joan ist auch unheimlich nett, aber die Stimme von der Mercedes, die nimmt schon mal so gefangen... Was höre ich mir zuhause an? Zuerst mal höre ich mir nichts an – was ich sehr wichtig finde. Ich möchte Schweigen haben. Ich finde, daß wir verseucht sind von Musik. Und dann, wenn ich mich bewußt hinsetze, um Musik zu hören, dann ist das nur klassische Musik. Das andere höre ich ja sowieso immer irgendwo – wenn ich wo bin, höre ich dauernd irgendwas, weil irgendeiner immer sein Radio an hat, und wenn mir was gefällt, bin ich schon so frei und frage nach, was das war. Georg

Kreisler übrigens – der spielt für mich eine große Rolle, denn er war Pianist. Es sollte sogar was entstehen, das wäre toll gewesen, Kreisler und Wecker, wirklich zwei Generationen, meine frühen *Sadopoetischen*, die ja sehr Kreisler-beeinflußt sind, und seine frühen, aber... Kreisler hat jahrelang in Amerika arrangiert, das ist ein richtiger Musiker gewesen; er spielt auch gut Klavier.

STEIN: Du spielst häufig mit Band, gibst aber auch Solo-Konzerte oder trittst mit nur ein oder zwei Begleitmusikern auf. Wo sind die Unterschiede?

WECKER: Die sind gigantisch. Ich habe mir das nach *Uferlos* – und die *Uferlos*-Tournee mit der Band war auch ein großer Erfolg – nochmal angehört. Ich habe mir die Live-Aufnahme angehört, die ist sehr schön geworden, und dann habe ich mir meine alten Lieder angehört, weil ich zur Zeit, wie gesagt, einen Wandel in meiner ganzen Persönlichkeit erlebe. Der Wandel ist auch eine bestimmte Art von Protesthaltung, ich erlebe, daß der Regisseur Peter Patzak, mit dem ich mich angefreundet habe, ähnlich denkt – die Zeit wird so, daß wir noch deutlicher unkommerziell werden, noch deutlicher wieder diese Frechheit kriegen müssen, und ich habe mich gewundert und gefreut, als ich mir wieder alte Sachen angehört habe, was ich eigentlich für ein rotzfrecher Hund war. Meine Frechheit war nicht, zu schreiben, Strauß ist ein Gangster. Meine Frechheit war, eine klassische Melodie mit einer Chuzpe zu spielen, daß jeder Jazzer sagt, sag mal, bist du wahnsinnig, da ist kein 9#11 drin, man kann auch keinen einfachen C-Dur-Dreiklang spielen... und mit Texten – ich erlebe es heute, wie dieses Lied, *Manche Nächte*, wirklich ankommt bei den Leuten, das hat schon was mit Verzauberung zu tun: »Manchen Nächten kann man nicht entfliehn, es sind die großen

Nächte, halte fest die Stunden, die dich so gefährden, wo dir die Seele sagen läßt, du mußt ein andrer werden.« Wo jeder eigentlich zuerst mal aufschreien würde: Sag mal, was soll denn das? Wenn du zuhörst, freust du dich an dem Text, und wenn du dich drauf einläßt. Oder ich bringe vor der Pause ein Gedicht an meinen Vater, das endet mit dem Satz: »Ach Gott, hab ich ihn lieb.« Ich erlebe immer wieder, wie die Leute weinend zu mir in die Garderobe kommen. Das ist ein wirklich sehr schönes Gedicht, es hat meine neue Literaturphase eingeleitet, würde ich mal sagen. Ich habe den Eindruck, daß ich jetzt in der Oberliga mitspiele. Ja, das Gefühl kriegt man ja ab und zu mal von sich selber. Es ist ein anderes Wesen von Dichtung, das ich jetzt im Moment mache.

STEIN: Du sagst, die Leute kommen weinend in die Garderobe. Entsteht auf dieser Ebene vielleicht auch wieder eine Art von Vereinnahmung, diesmal nicht politisch, sondern gefühlsmäßig?

WECKER: Das wollte ich ja alles nicht. Ich habe dieses Gedicht wirklich für den Vater geschrieben, dann ist es so gut geworden, daß ich mir gedacht habe, naja, das kriegst du zwar, aber – ich bin ja immerhin ein öffentlicher Mensch... Und dann habe ich mir gedacht, ich will es vertonen, das hat nicht geklappt, und dann habe ich es meinen Musikern vorgesprochen, und da haben beide gesagt, das muß an die wichtigste Stelle, nämlich vor die Pause. Auch wieder ein ganz privates Gedicht, es handelt nur davon, daß mein Vater ein verkannter Sänger war, Opernsänger, und ich Glück hatte, mit einer weniger schönen Stimme. Aber es ist so ein Satz drin wie: »Es ist dein unbeachteter Gesang, der in mir klingt und nie mehr von mir wich« – das ist es, was ich anderen geben kann... Es ist ja wahr, es ist einfach nur wahr. Und ich habe das Gefühl, er ist jetzt fast achtzig, vielleicht ist es das auch, was manche Leute bei dem Gedicht so emotionalisiert – viele haben schon ihren Vater oder sonst jemanden verloren und haben vielleicht nicht zur rechten Zeit sagen können, sich sagen trauen, was sie noch gerne gesagt hätten, und da wird dieses Gedicht plötzlich ganz allgemein, geht vom Privaten ins Allgemeine.

DIE SADOPOETISCHEN GESÄNGE DES KONSTANTIN AMADEUS WECKER

(1972)

Mein linker Arm

Ich habe meinen linken Arm in Packpapier gepackt
und hab ihn nach Paris geschickt.
Am 3. Mai zur Nacht hab ich ihn abgehackt,
denn ich bin so verliebt.
Es klebt noch nasses Blut dran, doch das stört mich nicht,
das trocknet schnell und riecht auch ganz superb.
Nonette freut sich sicher, denn ich glaube nicht,
daß oft ein linker Arm versendet wird.

Zuerst wollt ich ihr meinen Fuß kredenzen,
doch heute weiß ich, das paßt nicht so gut.
Sie will mit dem Geschenk bestimmt die Wand bekränzen,
am besten hängt da doch ein Arm mit Blut.
Nonette liebt mich, weil ich so besonders bin,
weil ihr nur das Besondere gefällt.
Und wenn es stimmen würde, was der Arzt sagt, daß ich spinn,
dann schenkte ich ihr noch die ganze Welt.

Den andern Mädchen gab ich Fingerkuppen
und unter Glas ein Stückchen meiner Haut.
Doch einmal hat mir eine dieser Puppen
Perversitäten wirklich zugetraut.
Drum hab ich lange Zeit der Liebe ganz entsagt
und habe meinen Leib für mich behalten.
Das sag ich ehrlich, daß ich das nicht mag,
wenn mich die Leute für versponnen halten.

Da kam Nonette. Vom ersten Augenblick,
als ich den scharfgeschnittnen Eckzahn sah,
war ich in dieses Mädchen irr verliebt
und wußte, daß sie was Besondres war.
Sie hat mich gleich verstanden, und ich weiß,
daß sie mich wirklich so liebt, wie ich bin,
und weil sie's will, geb ich ihr mit Verschleiß
das ganze Sosein meines Körpers hin.

Ich habe meinen linken Arm in Packpapier gepackt
und hab ihn nach Paris geschickt.
Am 3. Mai zur Nacht hab ich ihn abgehackt,
denn ich bin so verliebt.
Sie liebt mich, und das weiß ich ganz genau,
daß sie mir meine große Liebe glaubt.
Und weil sie mich versteht, schenk ich der Frau
zu Ostern, wie Jochanaan, mein Haupt.

Der Lindenbaum

Sie trieben's unter dem Lindenbaum
und liebten und zärtelten sehr.
Er träumte den uralten Bäumetraum,
sie träumte vom feuchten Meer.

Hoch wogte das Gras, es wendete
der Mond diskret sein Gesicht,
die Eule äugte und wunderte sich,
denn das verstand sie nicht.

Die Luft war sehr weich, und der Abendwind
erfrischte Leib und Sinn,
die Erde erbebte sanft und empfand
süßesten Lustgewinn.

Sie trieben's unter dem Lindenbaum
bis tief in die schwarze Nacht
und sind selbst beim ersten Morgengraun
vom Lindenrausch nicht erwacht.

Es jaulten die Hunde, das Horn blies zur Jagd
eine treibende Melodie.
Die hat es den beiden wohl angetan,
denn beide bliesen sie die.

Die Schüsse peitschten, ein spitzer Schrei,
und er kam mit Stöhnen zu Fall.
Doch der Duft der Linde und das feuchte Gras
machten ihn bald wieder prall.

Die Jäger ritten an ihnen vorbei,
doch sahn sie die Liebenden nicht.
Sie sahen nur einen, der deckte mit sich
den andern und störte die Sicht.

Von ferne her kam noch Hundegebell,
doch das endete bald im Wind.
Und die Sonne stand hoch, und sie liebten sich
noch einmal, ganz geschwind.

Sie trieben's unter dem Lindenbaum.
Wer will, kann sie immer noch sehn.
Doch soll er sich eilen, weil mittlerweil
die Leute dort Schlange stehn.

Der Spielmann

Wär ich ein Spielmann, ich spielte für dich,
zärtelnd und schlüpfrig und minniglich.
Würd mit dir tanzen und würde mich drehn
und dich mit Spieleraugen ansehn.

Dideldideldideldeideidei,
dideldideldideldideldideldei,
dideldideldideldeideidei,
dideldideldideldei.

Wärst du ein Schiff, ich schiffte mich ein,
könnte in dir geborgen sein.
Würd mit dir fahren wohl über den See,
weich und sehr feucht, und es täte nicht weh.

Dideldideldideldeideidei,
dideldideldideldideldideldei,
dideldideldideldeideidei,
dideldideldideldei.

Wärst du ne Orgel, ich orgelte dich.
Alle Register zöge ich,
stieg auf die Pedale mit beiden Beinen,
und so könnten wir uns vereinen.

Dideldideldideldeideidei,
dideldideldideldideldideldei,
dideldideldideldeideidei,
dideldideldideldei.

Wärst du ne Geige, ich geigte auf dir,
kernige Töne entlockte ich dir.
Es käme nur auf den Bogenstrich an
und daß man Lagen wechseln kann.

Dideldideldideldeideidei,
dideldideldideldideldideldei,
dideldideldideldeideidei,
dideldideldideldei.

Wärst du ein Horn, ich bliese dich,
zum muntren Jagen triebe es mich.
Wir ritten vereint im Walde umher,
im Anschlag stünde mein Gewehr.

Dideldideldideldeideidei,
dideldideldideldideldideldei,
dideldideldideldeideidei,
dideldideldideldei.

Wärst du ein Schlagzeug, ich wirbelte dich
mit meinem Schlegel ganz inniglich.
Wirbelte auf deinem Becken, dem Fell,
und du töntest mal dumpf und mal hell.

Dideldideldideldeideidei,
dideldideldideldideldideldei,
dideldideldideldeideidei,
dideldideldideldei.

Oder: Wärst du ein Vogel, ich flöge mit dir
über das Meer, und dann täten wir,
was nun mal die Vögel tun,
wenn sie nach ihren Flügen ruhn.

Dideldideldideldeideidei,
dideldideldideldideldideldei,
dideldideldideldeideidei,
dideldideldideldei.

Wärst du ein Schneeball, ich ballte mit dir
mich zur Lawine, dann rollten wir,
rollten bergab, ich und du,
rollten die ganze Erde zu.

Die Tote

Neulich starb in unserer Straße ein sehr junges, hübsches
Mädchen,
und ich hab sie kaum gekannt, sie war neu in unserm
Städtchen.
Sie war Waise, aber hatte einen schönen großen Mund,
um die Hüften war sie dicklich, und der Busen war sehr
rund.

Als sie lebte, hab ich sie kaum gesehen, und ich war
nicht verliebt, mir gefiel nur ihr tiefschwarzes glattes Haar.
Und nach altem Brauche wurde sie im Leichenschauhaus
ausgestellt,
niemand klagte, und sie schlief sehr allein in dieser Welt.

Und ich muß es euch gestehen, ich stand oft vor ihrem
Sarg,
habe sie mir angesehen, und sie lächelte sehr karg.
Nun bin ich beileibe weder nekrophil noch sonst verdreht,
nur ich weiß, daß eine Tote leben kann, wenn man's
versteht,

richtig und mit schönen Worten einmal nur mit ihr zu
reden.
Und ich tat's. Und sie begann in mir wieder aufzuleben.
Und ich trug sie eines Abends, wie sie war, zu mir nach
Hause,
wusch sie, kämmte ihr das Haar, denn das war vom Totsein
krause.

Ihr versteht, ich wollte helfen, sie war kalt und war allein,
und ich habe sie gewärmt, und es mußte einfach sein,
daß ich nach sehr langen Nächten des Gesprächs mit ihr
und mir
mich verliebte, und sie wurde nachts im Bett mein weiches
Tier.

Ihr habt sie mir fortgenommen, und ich weiß, sie wollte
bleiben,
jetzt in ihrem dunklen Grab muß sie einsam sein und
schweigen.
Ihr habt sie mir fortgenommen, ich versteh: Ihr wart uns
neidig.
Wißt ihr noch: Ihr Haar, das glänzte erst bei mir so blau
und seidig!

Erst bei mir ist sie geworden, was sie immer werden wollte,
und ich kann es nicht begreifen, weshalb ich verrückt sein
sollte,
und ich kann es nicht begreifen – hörtet ihr ihr Herz nicht
pochen? –,
weshalb einer von euch sagt, es hätt nach faulem Fleisch
gerochen.

Wieder dort sein

Wieder dort sein.

Wieder dort sein,
in der feisten Sonne an der Küste liegen,
neben fetten Weibern, Fischgestank.
Wieder dort sein,
wo die Leiber ineinanderfliegen,
dort, im prallen Küstensalzgerank.

Wieder dort sein.

Wieder dort sein,
wo das Echo in der Luft erstickt,
weil sie voll ist wie ein aufgetankter Schwamm.
Wieder dort sein,
wo den runden Körpern eingestickt
ein verwirrender und flirrender Gesang.

Wieder dort sein.

Wieder dort sein,
wo die alten Märchenheinis,
die Potzblitze sind und du,
wieder dort sein,
wo du mal mein Tier warst,
wo du weiß warst und du wolltest immerzu.

Wieder dort sein.

Wieder dort sein,
bei den Weinkaschemmen,
bei den Trommlern, die so salzig lachen.

Wieder dort sein,
bei den Purzlern, die so kollern können
und an jedem Tag Geschichte machen.

Wieder dort sein.

Wieder dort sein,
dort dann an der Küste liegen,
um sich fette Weiber, Fischgestank.

Wieder dort sein,
und das flirre Dösen lieben,
sich bespülen mit der ausgestreckten Hand.

Wieder dort sein.

Das Lied vom abgeschnittenen Glied

Sie war ein stillgelegtes Fragezeichen
und hatte Augen, die, wenn man's verstand,
dem viel versprachen, der sich viel erhoffte,
nur war es selten, daß sich jemand zu ihr fand.

Sie war nicht schön und hatte eine schlaffe,
sehr unberührte weiße, kleine Brust
und Pickel im Gesicht und krumme Beine.
Und man versteht: Es hatte niemand rechte Lust.

Nur sie, nach zwanzig kargen Jahren,
war vollgefüllt mit Wünschen aller Art,
mit Lüsten, die dem bald sehr deutlich werden,
der sich des Abends mit sich selbst nur paart.

Sie war Studentin und verstand es wohl,
emanzipiert zu sein, wenn sie mit andern sprach,
und sprach von Marx und Kant, nur nie von Blumenkohl,
weil es ihr da an Sachverstand gebrach.

Und doch, wie träumte sie in ihren Nächten
von Haus und Herd und einem feisten Mann
mit Mannesfleisch und Mannesruch und Mannesgliedern
und auch von nassem Heu und dann und wann

von einem Fleisch, das feucht und ohne Worte
sich auf sie legt und wiegt und treibt,
in ihren Armen auf und nieder stößt
und dann sehr weich ist, träumt und schweigt.

Sie war ein stillgelegtes Fragezeichen
und löste sich in einer Nacht von sich,
als sie das Messer nahm und in den Park sich legte
und nackt und ungebärdig durch die Gegend strich.

Und dann, als einer kam, der von der Nacht
etwas umnachtet und auch rascher ging,
ein Mann, den Schritt fest in der Hand, die Hände
eingetascht,
sprang sie empor und stürzte sich zu ihm.

Und eh er ahnte, eh er staunen konnte,
riß sie die Hose ihm bis zu den Knien.
Und er war unbeweglich, und sie konnte
mit einem Messerschnitt ihm das Geschlecht entziehn.

Es gibt ein stillgelegtes Fragezeichen,
das nicht viel spricht und das man selten sieht,
und keiner ahnt, was sie aus ihren Einsamkeiten
an lustgewinnlerischen Freuden zieht.

Ein wildes Spiel, sie treibt es auf und nieder
und ist bedacht drauf, daß es niemand sieht,
und ist verzückt und treibt es immer wieder,
und Mittler ist ein abgeschnittnes Glied.

Sommer war's

Sommer war's, der Steg erstickte fast
an Sommerlust und Lieb und Leid
und Sommerkörperlast.

Boote, angefüllt mit Segel, Mensch und Leib,
und Hitzebläschen auf dem Mund
und Schifferseligkeit.

Sommer war's, das Wasser wellte steil,
die Wünsche waren eingefleischt
und standen steif und geil.

Sommer war's, drei Meter hoch nur stand
die Hitze wie ein Heiligtum,
dem Lustgewinn zum Pfand.

Und die Steine waren weiß,
und die Erde war ein Tier,
und wir wühlten feucht im Sand,
auch woanders wühlten wir.

Ach, wir hielten's mit den Hunden,
denn die kamen jede Nacht
und verbellten unsre Wunden,
die der Tag uns beigebracht.

Sommer war's, wir schwammen in der Lust.
Antonio, der Kellner, hatte Haare
auf der Brust.

Antonio, der Kellner, am Tage war er Mann,
am Abend war er Mädchen
mit Kleid und goldnem Kamm.

Sommer war's, es hat in jener Nacht
ein dicker alter Mann
die Dünen gut bewacht.

Mit Fernglas hinterm Baum, sehr schwarz und gut getarnt,
und hat die kleinen Mädchen
vor Antonio gewarnt.

Sommer war's, wir lagen hinterm Haus
und zogen uns mit Anmut
die Hosen aus.

Das lag so in der Luft, das kam vom Steg zu uns,
da lagen wir dann da
und sahen uns.

Ich glaube, eine Wolke von Geilheit stieg ins Meer
und machte Strand und Steg
und Straßen menschenleer.

Das liegt wohl an der Hitze, die hat man nicht daheim.
Das kann wohl nur die Hitze,
vielleicht der Sommer sein.

Sie war ein Mittelmaß

Sie war nicht mannstoll, sie war nicht frigid,
sie war ein Mittelmaß.
Sie las Martin Walser, manchmal André Gide,
und zog dünne Schatten übers Lid
und lag in der Liebe brach.

Ich hab sie gepflückt, ich hab sie verzupft,
ich hab sie nach mir benannt.
Doch sie hat mir den Bauch nicht mit Farbe betupft
und hat mir die Federn nicht ausgerupft,
als hätte sie mich nicht gekannt.

Wir gingen ins Kino, wir gingen ins Bett,
alles zu seiner Zeit.
Und sie war mir nie untreu und war immer nett
und küßte mich einmal sogar kokett
auf meine Peinlichkeit.

Wir trieben's im Heu nicht, nicht auf dem Asphalt,
ihre Schlüpfer changierte sie nie.
Sie war immer gleich, zwischen warm und kalt,
und wehrte sich einmal sogar mit Gewalt,
denn im Walde, da würde sie nie.

Da hab ich sie endlich und mit Bedacht
und ohne den leisesten Tadel
auf die nußbraunen Augen geküßt, ganz sacht,
und sie still und dezent dann umgebracht
mit einer Sicherheitsnadel.

Ich hab sie begraben unter dem Bett,
nicht ohne sie vorher zu kleiden.
Da liegt sie bescheiden und lächelt nett,
mag sein nur, daß sie es lieber hätt,
würd ich's im Walde jetzt treiben.

Dann pack ich meine Zähne aus

Abends, wenn die Hunde an der Kette zerren
und den Mond beknurren, weil er gelb im Saufnapf
schwimmt,
wenn die Windkinder jagen und ums Hauseck plärren
und die Regenfrau gebärt und der Sturmbrei rinnt,

abends, wenn die Kater ihre Schwänze stellen
und die Nasen in die Luft und nach den Katzen stoßen:
Ja, dann pack ich meine Zähne aus
und schleich ums Haus.

Abends, wenn die Häuserwände sinnlich werden
und die Bäume werden wuschelige Fraun,
in den Zimmernischen lassen sie die Höhepunkte sterben
und im Hinterhof, da onaniert ein Clown,

abends, wenn die Gartenzwerge aufeinanderspringen
und die Erde ist zwei Stöße wert:
Ja, dann pack ich meine Zähne aus
und schleich ums Haus.

Und dann feg ich durch die Träume braver Biedermänner
wie ein Tier, fast wild und voller Blut,
kaure hinterm Busch und fang mir Wollelämmer,
weil sie weich sind wie ein Leib und feist und gut.

Und im Beichtstuhl leg ich schabend Hand an mich,
bis ich weiß bin und geläutert bin und neu,
und dann kann ich wieder, fang zwei Hundemädchen ein,
und verbring die Nacht mit ihnen kuschelig im Heu.

Morgens, wenn die kleine Stadt in Blut getaucht ist
von der Sonne und von meinen Träumerein
und der Mond schon längst im müden Hundebauch ist,
ziehn die Kater ihre Schwänze wieder ein.

Wenn der Clown sehr blaß und abgeschlafft die Zunge
einzieht,
weil die Schminke über seine Späße rinnt:
dann pack ich meine Zähne ein.

Und dann atme ich den Duft meiner Wesenheit,
die eine Welt war eine Nacht und dann verschwand.
Und ich denke an die Bilder einer neuen Zeit,
die sehr wild ist und die ich erfand.

Und ich jag mir meine Zähne in die Fingerkuppen
und entbinde mich damit von mir.
Bind mir unter mein Geschlecht meine Mamapuppen
und entschlummre wie ein weiches schönes Tier.

Die Irren

Wenn die Irren manchmal nachmittags
im Park spazierengehn,
kann man sie in Zweierreihen
händchenhaltend hüpfen sehn.
Spielen Maulwurf, spielen Heuschreck,
spielen Haschmich, Haschemann,
und sie tupfen sich mit dürren
weißen Irrenfingern an.

Wenn die Irren in der Sonne liegen,
fühln sie ihre Körper durch die Luft fliegen.

Wenn die Irren manchmal nachmittags
im Park spazierengehn,
kann man ihre langen Beine
durch die Gräser stapfen sehn.
Dann befühlen sie sich, heben
ab und zu einmal ein Bein,
kauen Gras und feuchte Erde,
lallen einen Abzählreim:

Zweimal zwei ist drei,
dreimal drei schon einerlei.

Und dann machen sie ein Echo,
singen von der Lorelei,
und es zieht an ihren Händen
eine ganze Welt vorbei,
und sie fangen ihren Schatten,
hängen ihm ein Kettchen um,

beißen auf sehr weichen, platten,
bunten Kieselsteinen rum.

Zweimal zwei ist drei,
dreimal drei schon einerlei.

Und dann spieln sie Wilder Reiter,
manche liegen auch nur da,
denen spinnt sich eine kleine
schwarze Kreuzspinne ins Haar.
Manche scharren, manche höhnen,
pflastern sich ein Rätsel stumm,
manche stehn wie eine frühchristliche
Säule schön herum.

Wenn die Irren in der Sonne stehn,
kann man ihre wunderschönen weißen Körper sehn.

Wenn die Irren dann am Abend
dämmern und nach Hause gehn,
kann man neben jedem Irren
einen andern Irren sehn.
An der Seite stehen Männer,
groß und fett, die kauen stumm
auf der Zunge und an einem
Zigarettenstummel rum.

Wenn die Irren aus der Sonne gehn,
kann man endlich wieder seinen eignen Schatten sehn.

Und der Park ist so wie früher,
nächtlich schwarz und unverwirrt,
nur ein Irrer blieb zurück.

Hat sich im Gehölz verirrt.
Manchmal hört man ihn von weitem,
wenn man dort spazierengeht,
seine Schreie, hört sein Klagen,
das dann dumpf wird und verweht.

Zweimal zwei ist drei,
dreimal drei schon einerlei.

Meine Leiche

Als ich dich aus dem Fluß zog,
warst du noch etwas blaß und aufgeschwemmt vom Wasser.
Um deine Hand bog Farn sich,
Gealge und ein vergilbtes Hemd.
Trotzdem scheinst du vor Tagen noch schön gewesen zu sein,
mit Leben bis zur Ferse erfüllt.

Mit welchen Fragen haben sie dich
oder hast du dich dem Wasser gegeben?
Was zerbrach, oder was war einfach zu schön,
um weiter erlebt zu werden?
Und sicher war es kein Versehen,
daß mich auf deiner Stirn
die Wassertropfen schnitten wie Scherben.

Es wäre für Gäste vielleicht kein Anblick gewesen,
du in meinem Zimmer, bleich, aufgebahrt und am Verwesen.
Du bliebst bei mir, um die fahlen Augen ein Kranz,
warst du mein stilles, unheimliches Tier,
und wir tanzten den Totentanz.

Und dein Leib zerbrach schon,
als würden Wellen an ihm nagen.
Einmal schwammen, voller Hohn,
grüne Fische aus deinem Magen.

Noch mehrere Wochen lebten wir
in dem trotzigen, wäßrigen Raum,
dann ertrank ich in dir,
und wie ein feister, tanzender Faun

sucht mein Fleisch den Gestank
deiner Fäulnis zu fangen,
weil es jetzt weiß:
Du bist für mich nur ins Wasser gegangen.

Lauscher hinterm Baum

Wenn die Mädchen kurzberockt sind
und zum Blumenpflücken gehn,
kann man ihre weißen Schenkelchen
beim Niederbücken sehn,
muß man hinter Bäumen, hinter
dichtem Buschwerk stehn –
ach, ich weiß da Plätze!
Sehr verborgen. Sehr bequem.

Manchmal spieln sie Doktor
und befühlen sich genau,
kommen Knaben, wollen wissen,
wie das ist mit einer Frau.
Und das Röckchen gleitet höher
(und der Himmel ist sehr blau),
und der Lauscher hinterm Baum
spürt den Baum: sehr steif und rauh.

Und die Luft ist geil und sirrend,
und die Hitze dehnt sich fett
überm Boden, trägt die Rufe
eines Mädchens, das kokett
einen ihrer kleinen Knaben
scharf zurechtweist, doch sehr nett
ihm gleich später zu verstehen gibt,
was sie doch recht gerne hätt.

Und vielleicht steigt dieser Sommer
wie kein anderer ins Hirn,
denn die Lauscher hinterm Baume

trocknen sich die schweiße Stirn,
währenddessen sich zwei Kinder
hinter einem Strauch verirrn
und sich gegenseitig mit
ihrem Geschlechtelein verwirrn.

Und es dämmert, manche Kinder
spielen wieder mit dem Ball,
manche Mädchen pflücken Blumen,
binden Sträuße, rund und prall,
und man hört an manchen Tagen
hinter Bäumen einen Knall –
und da kam ein Lauscher wieder
von zu schnellem Tun zu Fall.

Und die Kinder bilden Kreise,
und die Lauscher können sehn,
wie auf eine stille Weise
Kinderträumerein entstehn,
und die Lauscher träumen mit
und beginnen sich zu drehn,
und nach einer kurzen Drehung
fühln sie, daß sie nicht bestehn.

Abends, wenn die braven Kinder
heimgehn zu Mama,
stehen viele alte Männer
hinter ihren Bäumen da.
Augen zu, den Mund geöffnet,
ihre Hände sind ganz nah
an dem Ding, mit dem vielleicht vor
zwanzig Jahren noch was geschah.

Viele alte Männer stehen,
tragen unterm Aug ein Bild,
das zwar lebt, aber leider
für sie alle nicht mehr gilt.
Und sie bleiben lange Zeit noch,
stumm von einer Angst gedrillt,
die sie wiederkommen läßt,
weil ihre Sehnsucht niemand stillt.

ICH LEBE IMMER AM STRAND
(1974)

Die Bienen

Er sitzt am Thron und ist der König unserer Tage,
im sechsten Stock mit Sekretärin, ohne Frage.
Man sieht ihn lässig über Perserböden wandern,
das harte Sitzen überläßt er ja den andern.
Er trägt Verantwortung, das sieht man an der Gangart,
und daß er, was ein Mann hat, nun mal anhat.
Einmal die Woche wallt er durch die Hallen
und jammert lautstark, daß die Kurse fallen.
Doch dann besinnt er sich und zwitschert heiter:
Ist schon in Ordnung, Junge, nur so weiter!
Denn seine Bienen sind sehr fleißig und okay
und füllen jeden Tag sein Portemonnaie.
Denn seine Bienen sind sehr fleißig und okay
und füllen jeden Tag sein Portemonnaie.

Und wenn der Tag zur Neige geht und seine Bienen
sich ihre wundgeschundenen Flügel schienen,
dann steigt er wohlgelaunt und -situiert
in sein Symbolgefährt und wird chauffiert.
Kurz in die Bar hinein und ein, zwei Klare,
man diskutiert dann über Bauch und über Haare
und daß vor Jahren noch die Klaren klarer waren.
Da war das Geld noch knapper, und man mußte sparen.
Das waren Zeiten, arbeitsam und still,
heut kann er auf den Putz haun, wenn er will.
Denn seine Bienen sind sehr fleißig und okay
und füllen jeden Tag sein Portemonnaie.
Denn seine Bienen sind sehr fleißig und okay
und füllen jeden Tag sein Portemonnaie.

Er will noch weiter. Was ein echter Mann ist,
der muß nach oben, wenn er grade dran ist.
Er ist sich viel zu gut, im sechsten Stock zu wohnen,
er will frei schwebend über seinen Bienen thronen,
will wie ein Luftballon am Himmel stehn,
da kann er seine Bienen besser übersehn.
Und wehe der, die dort im tiefsten Keller
nicht schnell genug ist, er sieht schneller.
So läßt er sich von uns nach oben tragen,
weil wir vergessen, daß wir einen Stachel haben.
Denn wir sind fleißig und moralisch und okay
und füllen jeden Tag sein Portemonnaie.
Denn wir sind fleißig, und wir sind nun mal okay
und füllen jeden Tag sein Portemonnaie.

Ich habe deinen Körper ausgebeutet

Da lagen wir im Gras als eine feste
und ungebundene Begebenheit.
Da war noch Nässe, und da waren Abfallreste.
Die Sonne war noch feucht.

Und mit der Zeit empfand ich endlich, daß wir sehr
unendlich waren
und daß das Gras nichts andres war als Gras.
Ich nahm dich an und nahm dich bei den Haaren,
und du warst prall und schön im Übermaß.

Ich habe deinen Körper ausgebeutet,
dir dich aus deinem vollen Mund gesaugt,
und jede Stunde hat mich neu gehäutet.
Du hast mich satt gemacht und ausgelaugt,

du hast dich heimlich an dem Mond vergangen,
der plötzlich in den Tag kam, voll und rund,
und der sich unter deine weichen Schenkel legte.
Da warst du glücklich über deinen neuen Fund.

Ich hab den Mond und dich in meinen Arm genommen
und auch das Gras, das schon sehr naß und müde war,
und auch die Erde hab ich gut in meinen Griff bekommen.
Und ob es Stunde, Tag war oder Jahr,

ich weiß nicht mehr, wie lange ich dich liebte,
auch wann was Liebe ist, das weiß ich nicht.
Ich weiß nur eins: daß ich dich damals kriegte,
und daß da Gras war, Erde, Nacht und Licht.

Spinnen

Spinnen sitzen gerne in der Badewanne,
machen dir am Abend kurz vorm Baden bange,
sitzen dick und fett, spinnig und kokett,
auf der Abflußrinne. Pfui, Spinne!

Lange schwarze Haare, dünnes Spinnenbein,
ach, ein Anblick, widerwärtig und gemein.
Doch was soll man tun, die sind ja schon immun
und baden einfach mit. Igitt!

Kann es euch nicht sagen, müßt die Spinnen fragen,
was sie wohl am Baden für Behagen haben.
Wenn ich Spinne wär, ich fänd das ordinär,
so lästig und gemein zu sein.

Auch Frau Meier wollte mal am Abend baden,
um die runden Waden heißes Wasser haben.
Saß die Spinne da – was weiterhin geschah,
na, fragen Sie Frau Meier! Au weia!

Jeder Bundesbürger weiß, daß Spinnen spinnen,
darum sitzen sie wohl nur auf Abflußrinnen.
Aber dieser Fall ist international.
Wie soll das weitergehn? Was soll geschehn?

Halt, ich hab's, die Lösung liegt ja auf der Hand.
Ich riech es fast, die ist schon überall bekannt,
von vielen praktiziert, bald schon legalisiert,
die Lösung, die besticht: Man badet nicht!

Die Ballade vom Dackel Waldi

Mein Gott, wo ist der Waldi nur,
der Waldi nur geblieben?
Was hat sich auch das gute Tier
im Walde rumgetrieben!
Im Wald, da ist es bitterkalt,
der Waldi wird erfrieren,
und außerdem kann da auch sonst
noch mancherlei passieren.

So spricht Frau Kühn, die Wangen sind
vor Schreck ihr hochgerötet,
vielleicht hat ihren Waldi gar
ein schlechter Mensch getötet.
Ein Gastarbeiter, der des Nachts
allein durch Wälder streift
und sich mit fressensgeilem Blick
am Dackelfleisch vergreift.

Man denke nur, das Tier, das stets
auf Frauchens Schoß gesessen,
wird mit Tomatensoße und
Spaghettis aufgefressen!
Frau Kühn erblaßt, sie sinkt vom Stuhl
mit Pauken und Tschinellen,
doch plötzlich springt sie auf voll Mut,
man hört's von ferne bellen.

Mein Gott, das muß der Waldi sein,
so silbern bellt nur einer!
Die Kaffeedamen flöten süß:

Wo bleibt er denn, mein Kleiner?
Die Luft ist lau, der Kaffeekranz
gleicht einem wilden Rudel.
Da zeigt sich schon ein Hundeschwanz,
doch leider ist's – ein Pudel.

Nun also doch, Frau Kühn hat recht
mit der Spaghetti-These,
nun sind sie schon im deutschen Wald!
Das Kränzchen rümpft die Näse.
Der Waldcaféterrassentisch
gerät aus allen Fugen.
Wo kann denn nur der Kellner sein?
Nu holn Se mal den Buben!

Der Bube kommt, sein dunkler Teint
läßt alles schnell erblassen.
Man tuschelt hier, man giftet dort:
Das ist ja nicht zu fassen!
Auch noch gewelltes schwarzes Haar,
auch sieht man's an den Zähnen.
»Un café, prego!« Alles klar.
Schon sieht man die Hyänen
zu Kuchengabeln greifen. Doch
der Bub versucht zu fliehen.
Da hilft nichts mehr. Sie werden gleich
die Küchenmesser ziehen.

Schon sind sie über ihm. Der Arme,
er liegt in Weiberzähnen,
und auf den toten Wangen rollen
zwei Italienertränen.
Da bellt es glockenhell vom Wald,

man sieht ein Dackelschwänzchen.
Das wär's. Das ist das Happy End
von unserm Kaffeekränzchen.

Zwischenräume

Ich traf dich gestern nacht in deinen Zwischenräumen
und hatte etwas Zeit, sie auszufüllen.
Du konntest währenddessen von der großen Liebe träumen,
ich war darauf bedacht, dich zu enthüllen.

Ich blätterte an dir, da lagst du endlich
entblättert, karg und hilflos da.
Ich zeigte mich dafür erkenntlich
und legte mich zu dir und war dir nah.

Und bin in deine zarten Träume eingebrochen.
Und nahm dir deinen Prinzen wieder weg.
Und bin ganz traumlos, aber ganz in dich gekrochen,
das hatte keinen Sinn, das hatte keinen Zweck.

Das war nur ein Moment, der ohne Lügen
den Kreislauf dieser Welt zum Stehen brachte.
Wir konnten zwanglos über uns verfügen,
und da war nichts, was uns beschränkte und bewachte.

Und da war nichts mehr, was uns uns verbot.
Wir schnitten die Verbote einfach ab.
Die Zeigefinger unsrer Väter und die Atemnot
und alles das, wofür man uns erzogen hat.

Du siehst, man kann auch ohne Traumprinz lieben.
Du gibst dich dir, sonst nichts, und ohne Angst
siehst du dich einig weiden mit den Trieben,
und du erkennst, daß du Jahrhunderte bezwangst.

Ich möchte etwas bleibend Böses machen

Die dunklen Straßen stoßen ihre Dämpfe
wie heißen Atem aus, sie pulsen schwer.
Schon wieder zieht's mich fort, ich kämpfe
um jeden Zentimeter. Vor mir her

flattert ein schwarzer Vogel, seine Flügel
verlocken mich, ich möchte fliegen.
Doch diese Straße hat mich fest am Zügel,
ich bin zu spät geboren, sie wird siegen!

Der Daumen eines Tramps wird rötlich
und kindskopfgroß – ich fahr vorbei.
Zu langes Warten endet meistens tödlich,
doch wie man stirbt ist schließlich einerlei.

Und an den Straßenrändern wallen Prozessionen,
und dumpfe Mönche harren im Gebet.
Sie totzufahren würde sich nicht lohnen,
weil alles viel zu schnell vorübergeht.

Ich möchte etwas bleibend Böses machen,
will in die Schluchten meiner Seele ziehn.
Das ganze Leben ist doch nur Erwachen
aus bösen Träumen. Und ich will nicht fliehn.

Ich will die Träume leben, die mich quälen,
da gibt es noch so viel zu tun für mich.
Ich werde alle Straßen dieser Erde schälen,
und irgendwo am Rinnstein treff ich dich:

Da werden wir uns auf die Erde legen,
die Beine lässig in die Luft gestreckt,
ich werde fruchtbar sein und dich erleben,
und du empfängst mich unbefleckt...

Die dunklen Straßen stoßen ihre Dämpfe
schon viel zu hektisch aus. Sie werden sterben.
Schon jetzt bekommt man Atemkrämpfe,
wie wird das erst in ein, zwei Augenblicken werden.

Hinter den Kurven warten schon die Schlächter,
sie sind zu keinem Kompromiß bereit.
Sie wetzen ihre Messer – ihr Gelächter
verbrennt die Erde meilenweit.

Schon sieht man Menschenherden ohne Ende
gesenkten Haupts zur Schlachtbank ziehn.
Die Metzger sind gewaltig und behende
und stoßen zu und schlachten ab – keiner kann entfliehn.

Da will ich dann auf einem Baume sitzen,
die Beine baumeln lassen im Gezweig,
sehr leise sein und sehr die Ohren spitzen
und lauschen, wie sie schreien – dumm und feig...

Ich lebe immer am Strand

Du, ich lebe immer am Strand
unter dem Blütenfall des Meeres.
Du, ich sag ein Lied in den Sand,
ein fast vertraut imaginäres.

Und die Göttinnen Roms steigen herab zu mir,
voll von Welle und Gischt und nur mich im Visier.
Und wo die Campagna noch ein weiches Stück Erde hat,
da besteigen sie mich, und ich habe die ganze Stadt,
das ganze rötliche Rom, in meiner Schenkelgewalt.
Die Wölfin kauert sich an meine Göttergestalt.

Du, ich lebe immer am Strand
unter dem Blütenfall des Meeres.
Du, ich sag ein Lied in den Sand,
ein fast vertraut imaginäres.

Und die Dirnen der Stadt betten mich abends ein.
Ihre herrlichen Körper brechen auf mich herein.
Und aus den Ruinen strömen die Diebe zum Meer.
Aufruhr flammt auf, sie entbinden ein Aufwieglerheer.
Das ganze rötliche Rom halten die Diebe besetzt.
Die Wölfin erschaudert und weitet die Augen entsetzt.

Du, ich lebe immer am Strand
unter dem Blütenfall des Meeres.
Du, ich sag ein Lied in den Sand,
ein fast vertraut imaginäres.

Meine schweigsame Hand wühlt sich zum Meer wie ein Tier.
Salz prasselt herab, und ich bin betört von mir.
Und tief aus dem Wasser steigen Galeeren empor,
Päpste am Kiel, um die Masten ein Trauerflor.
Das ganze südliche Meer breitet sich aus in der Stadt.
Die Wölfin heult und sinniert, was sie wohl falsch
gemacht hat.

Du, ich lebe immer am Strand
unter dem Blütenfall des Meeres.
Du, ich sag ein Lied in den Sand,
ein fast vertraut imaginäres.

Der Model Blues

Mein Mädchen ist ein Model, ein verkanntes,
Sie wissen schon, so was Extravagantes,
ein Veilchentyp mit blaubelatzten Hosen,
mit einem Basset-Hund und Ich-bin-neckisch-Posen.
Sie meditiert und spricht in Brocken indisch,
sie nennt mich Freak, das find ich furchtbar kindisch.
Doch selbst, wenn sie partout kokett ist:
Ich bin verliebt in ihre Brust, die fett ist.
Sie trägt verdickte Sohlen. Wenn Musik kommt,
dann wird ihr Hintern wepsig, und sie tanzt prompt.

Und Männerscharen drehen ihre Köpfe,
die kriegen starke Kröpfe, diese Tröpfe.
Dagegen ist nichts einzuwenden,
sie soll in ihrer Schönheit sich verschwenden.
Nur manchmal wird mir etwas schwummrig,
wenn sie bei mir ist, und das Licht ist schummrig.
Dann setzt sie sich kokett auf meine Beine
und liest mit mir Rimbaud und Heinrich Heine.
Doch Räucherkerzenruch und Schummerlicht
versauen mir das herrlichste Gedicht.

Sie fuhr auf der Maschine, ich am Beirad,
da raunte sie mir was ins Ohr von Heirat,
und außerdem sollte ich mal bedenken,
zur Hochzeit ihr ein irres Ding zu schenken.
Es sollte etwas sein, was man noch nie
auf dieser Welt verschenkt hat, na, sowas mit Esprit
und voller Schenkergeist und voller Phantasie.
Ich hab etwas geschenkt, na, raten Sie:

Ich hab ihr einen jungen Hund geschenkt,
den hab ich eigens nur für sie ertränkt.
Es war ein Hirtenhund mit großen treuen Augen,
der wird zum Schafehüten jetzt wohl nichts mehr taugen.
Sie wollte immer schon mal was Besondres haben,
vielleicht kann sie das tote Vieh am Kragen tragen.
Und eines weiß ich, darauf bin ich sehr erpicht:
Tote Hirtenhunde beißen nicht.

Straßenbahnballade

Es ist schon wieder acht Uhr früh,
schon wieder diese Szenerie.
Es stinkt nach fast vergilbter Haut,
nach Achselhöhle und sehr laut.
Und überdeutlich räuspern sich
die Kränkelnden, fast weinerlich
verstreun sie Viren in den Raum
und dunklen Schleim. Ein böser Traum
aus Blut und Mordgier schlängelt sich
direkt ins Hirn und drängelt sich
sehr unfein auf. Man wartet schon
voll Hoffnung auf die Endstation.

Es wird noch dauern. Zwischendrin
trifft mich ein Kinderschuh am Kinn.
Ich pack das Kind am rechten Arm
und dreh ihn um. Dem Kind wird warm,
die Mutter jammert im Falsett:
Das find ich aber wirklich gar nicht nett!
(Also wirklich gar nicht!)
Und fährt mir, während sie noch spricht,
mit beiden Händen ins Gesicht.
Ich faß den Sprößling bei der Hand
und werf ihn einfach an die Wand.
Die Mutter packt der nackte Haß,
das Kindchen röchelt und wird blaß.

Da spuckt ein unbekannter Mann
mich hustend und von hinten an.
Ich dreh mich um und ramme ihm

mein Knie ins Ohr, ganz ungestüm.
Es sagt mir treffend mein Instinkt,
daß irgendwer nach Knoblauch stinkt.
Das ist zuviel. Ich greife blind
irgendwohin, wo Gegner sind.
Ich treffe gut. Ein altes Weib
brüllt: Hände weg vom Unterleib!
Ein dicker Mann der Gattung Molch
lallt irgendwas von Sittenstrolch.

Das ist der Auftakt. Wie ein Mann
entfesselt sich die Tram,
hyänengleich und Mord im Blick,
ich trete einen Schritt zurück.
Zu dumm. Ich trete auf das Kind,
das gibt sein Seelchen auf geschwind.
Ich möchte fliehn, doch voller Gier
sind sie schon alle über mir.
Und ihre Zähne bohren sich
tief in mein Fleisch ganz widerlich.
Die Welt stürzt ein, die Erde grollt.
Die Trambahn aber rollt.

Susi

Was is heit bloß die Zeit lang,
da kriag i richtig Zeitlang
nach dir.
I lieg scho fast bewußtlos
dahoam und bin so lustlos
nach mir.
I drah mi und varrenk mi,
vergiß mi und vaschenk mi
und beiß mi und zerreiß mi,
darenn mi und vabrenn mi.
Was is des bloß, wo kummt des her?
Auf oamoi woaßt, jetzt geht nix mehr.

Susi, oh Susi,
bittscheen, kumm heit nacht zu mir,
daß i di spür!

Di Sonna hängt so furchtbar dumm
und ohne Saft am Himmel rum
und is so fad.
I lieg am Bauch und rühr mi ned,
und riach mi ned und spür mi ned
und bin ganz stad.
Dann denk i ma, probiers amal,
dann spring i auf, dann tuats an Knall.
Und plötzlich lieg i wieder da,
genauso lasch, wias vorher war.
Was is des bloß, was ko des sei?
Auf oamoi is mit oam vorbei.

Susi, oh Susi,
bittscheen, kumm heit nacht zu mir,
daß i di spür!

Was is heit bloß die Zeit lang,
da kriag i richtig Zeitlang
nach dir.
I woaß ned, was i macha soll,
i hab die Nasn endlich
voll von mir.
I brauch di, weil i ohne di
bloß halbat bin. Drum nimm halt mi
und druck di her und lang mi o,
daß i mi wieder fanga ko.
Des is halt mal der ganze Mist,
daß du für mi so wichtig bist.

Susi, oh Susi,
bittscheen, kumm heit nacht zu mir,
daß i di spür!

Wenn ich Makler wär

Wenn ich erst mal Makler bin,
mit Büro und Illusionen,
soll der Geld- und Lustgewinn
in meinem Herzen wohnen.

Wenn ich erst mal Makler bin,
makellos und edel,
bin ich endlich auch mal in,
sitz am rechten Hebel.

Was dem einen eine Not,
ist dem anderen Tugend.
Besser gut gelebt als tot,
Platz gemacht der Jugend!

Platz gemacht der Frohnatur,
die da in mir flutet!
Ganz nach oben kommt man nur,
wenn ein anderer blutet.

Wenn ich erst mal oben bin,
geh ich nicht mehr runter.
Stolz die Brust und hoch das Kinn
und im Herzen munter!

Haben, haben, diese Welt
läßt sich auch noch kaufen.
Und in einem All von Geld
will ich dann ersaufen.

Wenn ich erst mal Makler bin,
mit Büro und Illusionen,
soll der Geld- und Lustgewinn
in meinem Herzen wohnen.

Was ist denn schon viel dabei,
einmal kurz nach oben,
und schon wieder eins, zwei, drei,
stößt man zwei zu Boden.

Dorthin mit dir

Dorthin mit dir,
wo die Küsten röter und endgültig sind,
dort, wo das Land
durch den Fächer deiner Hände rinnt.

Dorthin mit dir,
einfach dasein, etwas vom Wasser bespült,
dort, wo dein Leib
sich sehr zufällig in meine Armbeuge wühlt.

Dorthin mit dir,
und von weitem die Städte brennen sehn,
ahnen, die Welt
wird in Kürze lodern und untergehn.

Und dann könnte es sein,
daß die restliche Welt
in ihre Abgründe fällt.
Und wir tauchen sehr tief in uns ein,
und die Sonne schreit auf
und verkürzt ihren Lauf.

Und dann mit dir auf Terrassen
hoch über den Schluchten stehn,
still werden wir
dieses ganze vernichtete Land besehn,
Asche und Schlamm,
selbst die rostende Achse des Alls bleibt stumm.
Hoch über uns
schleichen böse geharnischte Pferde herum.

Und meine Hand
pirscht sich leise und bröckelnd an deine heran,
verdorrt und verbrannt,
doch du nimmst diese sterbende Zärtlichkeit an.

Und dann könnte es sein,
daß die restliche Welt
an uns beiden zerschellt.
Und wir schweigen und spinnen uns ein,
und wie ein Selbstmörderheer
stürzt die Menschheit ins Meer.

Dorthin mit dir,
wo die Küsten röter und endgültig sind,
dort, wo das Land
durch den Fächer deiner Hände rinnt.
Dorthin mit dir, dorthin mit dir.

WECKERLEUCHTEN
(1976)

Laufen Sie doch mal Amok
Liebeslied
Flieg oder stirb
Wenn der Sommer nicht mehr weit ist
Du bist so häßlich
Ich hab zum Sterben kein Talent
Reisezeit
Der dumme Bub
Abgesang eines Gefangenen
Heit schaugn die Madln wia Äpfel aus

Laufen Sie doch mal Amok

Er hieß Meier und sah eigentlich genauso aus,
und er wollte mal so gerne aus dem Meierdasein raus.
Jeden Tag dieselbe Frau, derselbe Chef,
dasselbe eigene Gesicht,
ja, da kommt es eben vor, daß man als
Meier mal sein Meiertum zerbricht.
Und er meinte: Jeden Tag derselbe Trott,
da hab ich keinen Bock drauf.
Irgendwas muß jetzt passieren, heute start ich nen Amoklauf.

Laufen Sie doch mal Amok,
laufen Sie doch mal Amok,
suchen Sie nicht lange nach nem Grund!
Laufen Sie doch mal Amok,
laufen Sie doch mal Amok,
Laufen macht so frei und ist gesund.

Meier spürte so ein angenehmes Kitzeln im Magen,
dann begann er, seinen Dackel durch die Wohnung zu jagen.
Der war äußerst befremdet, Meiers Eckzahn wurde länger.
Dann lief er auf allen vieren, und dem Tiere wurde bang
und bänger.
So ein wildgewordener Meier ist oft unergründlich,
er lief Amok im Akkord und steigerte sich stündlich.

Laufen Sie doch mal Amok,
laufen Sie doch mal Amok,
suchen Sie nicht lange nach nem Grund!

Laufen Sie doch mal Amok,
laufen Sie doch mal Amok,
Laufen macht so frei und ist gesund.

Meier spürte tags darauf der Freiheit kühle Brise.
Ein Läufchen nach dem Frühstück wurde zur Devise.
Versuchen Sie's wie Meier, werden Sie profund!
Wer läuft, hat mehr vom Leben. Sport ist gesund!
Auch wenn Sie gar nicht Meier heißen, lassen Sie sich lockern,
verliern Sie keine Zeit, beginnen Sie schon heute abend zu amokern!

Laufen Sie doch mal Amok,
laufen Sie doch Amok,
suchen Sie nicht lange nach nem Grund!
Laufen Sie doch mal Amok,
laufen Sie doch mal Amok,
Laufen macht so frei und ist gesund.

Liebeslied

Ich möchte am Abend mit dir auf fremden Balkonen sitzen,
das Licht wäre mollig und die Luft nicht mehr grell.
Ich käme gut aus mit mir, und wir würden den Tag
rausschwitzen.
Dann könnt ich dich lieben, eventuell.

Und dann breit ich mich
einfach aus in dir,
wir werden wesentlich,
und dann leben wir.
Und dein Lächeln fällt in kleinen Bissen
herab zu mir.

Ich möcht gegen Abend mit dir auf behäbigen Pferden
reiten, und das Land, das Land zerfließt unter unserem
Schritt.
Die Sonne stirbt wie ein Tier, und man sieht sie die Augen
weiten.
Und wir ziehn in ihr Rot und sterben mit.

Und dann breit ich mich
einfach aus in dir,
wir werden wesentlich,
und dann leben wir.
Und dein Lächeln fällt in kleinen Bissen
herab zu mir.

Flieg oder stirb

Vogel sein. Weit drüber weg fliegen.
Schatten schicken. Übers Land verstreut.
Krallen haben. Und sich in den Wind haken.
Flügel schlagen, reiten durch die Luft.

Und dann dich, dich, dich irgendeinmal mitnehmen.
Feuer werden. Brennen mit dir.
Aufsteigen. Ohne Ende hochschnellen.
Oben bleiben, nichts übersehn.

Flieg oder stirb,
denn das Land ist zu schwer geworden,
flieg oder stirb,
denn das Land frißt dich morgen schon auf.

Heute noch laß ich mir die Flügel wachsen.
Starke Flügel. Meterweit gespannt.
Ikarus muß sich vor der Sonne hüten.
Meine Flügel schmelzen nie.

Und mit dir, dir, dir werd ich dann umherjagen.
Unten bricht der Horizont.
Vogel werden. Weit drüber weg fliegen.
Oben bleiben, nichts übersehn.

Flieg oder stirb,
denn das Land ist zu schwer geworden,
flieg oder stirb,
denn das Land frißt dich morgen schon auf.

Wenn der Sommer nicht mehr weit ist

Wenn der Sommer nicht mehr weit ist
und der Himmel violett,
weiß ich, daß das meine Zeit ist,
weil die Welt dann wieder breit ist,
satt und ungeheuer fett.

Wenn der Sommer nicht mehr weit ist
und die Luft nach Erde schmeckt,
ist's egal, ob man gescheit ist,
wichtig ist, daß man bereit ist
und sein Fleisch nicht mehr versteckt.

Und dann will ich, was ich tun will, endlich tun.
An Genuß bekommt man nämlich nie zuviel.
Nur man darf nicht träge sein und darf nicht ruhn,
denn Genießen war noch nie ein leichtes Spiel.

Wenn der Sommer nicht mehr weit ist
und der Himmel ein Opal,
weiß ich, daß das meine Zeit ist,
weil die Welt dann wie ein Weib ist,
und die Lust schmeckt nicht mehr schal.

Wenn mein Ende nicht mehr weit ist,
ist der Anfang schon gemacht.
Weil's dann keine Kleinigkeit ist,
ob die Zeit vertane Zeit ist,
die man mit sich zugebracht.

Und dann will ich, was zu tun ist, endlich tun.
An Genuß bekommt man nämlich nie zuviel.
Nur man darf nicht träge sein und darf nicht ruhn,
denn Genießen war noch nie ein leichtes Spiel.

Du bist so häßlich

Ich leb nun schon zu lange mit derselben Frau im selben
Bau und stottre meine Lebensrunden ab.
Dieselben Kämpfe um die Macht,
dieselben Pflichten in der Nacht.
Ich werde saftlos, und die Hirnsubstanz wird knapp.

Uns ging die Liebe wie ein Taschentuch verlorn,
wenn sie mich anspricht, steh ich neben mir.
Nur manchmal, wenn ich träume, bin ich neu geborn
und spiel den starken Mann und sag es ihr:

Du bist so häßlich, daß ich's kaum ertragen kann,
mich stört dein Lächeln und dein Gang,
mich stört die Art, wie du mich ansiehst.
Du bist so häßlich, daß ich's kaum ertragen kann,
mich stört dein Anstand, und schon lang regt es mich auf,
daß du mich anziehst.

Ich bin nun mal ein Untertan,
die Welt faßt sich wie Klebstoff an,
das Leben rennt voll Lust an mir vorbei.
Dieselbe Arbeit Tag für Tag,
ein Gläschen Freiheit laut Vertrag.
Statt Held zu sein, bin ich ein weiches Ei.

Dann kommen Freunde und belagern meine Zeit.
Die alten Sprüche, und ich spiel mit meinen Zehen.
Anstatt jetzt aufzuspringen, zornig und sehr breit
mich vor sie hinzustellen, daß sie jedes Wort verstehen:

Ihr seid so häßlich, daß ich's kaum ertragen kann,
und euer kindischer Gesang von Glück und Freundschaft
bringt mich um.
Ihr seid so häßlich, daß ich's kaum ertragen kann,
und euer lächerlicher Drang, mit mir zu lachen,
ist so dumm.

Ich leb schon viel zu lange mit derselben Frau im selben Bau
und stottre meine Lebensstunden ab.
Dieselbe Feigheit jeden Tag,
nicht das zu sagen, was man mag –
selbst meine Heldenträume werden langsam knapp.

Und irgendwann, ich weiß genau, wird sie mich fragen,
warum ich dauernd vor mir fortgelaufen bin.
Ich werde stumm sein und wie immer schweigend klagen,
ja, und dann sagt sie's mir und stellt sich siegreich vor mich
hin:

Du bist so häßlich, daß ich's kaum ertragen kann,
mich stört dein Lächeln und dein Gang,
mich stört die Art, wie du mich ansiehst.
Du bist so häßlich, daß ich's kaum ertragen kann,
doch es befriedigt mich schon lang,
daß du mich endlich nicht mehr anziehst.

Ich hab zum Sterben kein Talent

Ich bin heut seltsam aufgelegt,
ich bin so lustlos voll von Lust.
So leer und trotzdem so erregt,
schon fast bewußtlos, doch bewußt.

Bin wie ein Toter, der sich regt
und noch mal voll ins Volle steigt.
Die besten Plätze sind belegt,
doch ich versteh mich auf die Zeit
und mach mich sicher wieder breit.

Ich hab zum Sterben kein Talent
und hab fürs Leben kein Gefühl.
Mir fehlt ein gutes Argument,
um das zu wollen, was ich will.

Ich hab zum Sterben kein Talent
und bin fürs Leben kaum begabt.
Auch wenn's im Innern manchmal brennt:
Ich hab noch nichts von mir gehabt.

Ich bin so hungrig und so voll
von einer dummen Trunkenheit.
Ich weiß nicht, ob ich atmen soll,
und leb doch eine Ewigkeit.

Steh wie ein Rächer über mir
und weiß nicht, wen ich rächen will.
Ein starker Wille vor der Tür,
und auch ein bißchen Lebensgier,
doch hier im Zimmer ist es still.

Ich hab zum Sterben kein Talent
und hab fürs Leben kein Gefühl.
Mir fehlt ein gutes Argument,
um das zu wollen, was ich will.

Ich hab zum Sterben kein Talent
und bin fürs Leben kaum begabt.
Auch wenn's im Innern manchmal brennt:
Ich hab noch nichts von mir gehabt.

Reisezeit

Reisezeit – ob Süden oder Osten,
wohin ist ganz egal, es soll nur wenig kosten.
Komm, mein Kind, heuer sind wir cool
und fahrn nach Istanbul.

Autobahnen locken – mit Blut, Schweiß und Tränen.
Hier muß man nicht mehr Mensch sein, hier denkt man mit den Zähnen.
Und ohne Aufpreis kann man ganz bequem
ein paar Leichen sehn.

Ave, Caesar, morituri te salutant.
Ave, Caesar, morituri te salutant.

Wir werden schon bald nach Freiheit stinken,
Autofahren adelt, nette Nachbarn winken.
Tag, Herr Kollege, wie geht's Kindern und Fraun?
Die sind im Kofferraum.

Kurz nach der Einfahrt stehen schon Tribünen,
Beifall für die Toten, Verblutenden und Kühnen.
Manchmal macht einer beim Sterben Verdruß –
der kriegt den Gnadenschuß.

Ave, Caesar, morituri te salutant.
Ave, Caesar, morituri te salutant.

Wer wird's überstehn? Die Geier warten.
Die Straßenbauminister werden fett und spielen Karten.

Ja, so ein Kreuzzug ist nötig dann und wann,
kurbelt die Wirtschaft an.

Reisezeit – wie wär's mal mit dem Osten?
Wer in Deutschland rastet, wird sicherlich verrosten.
Komm, mein Kind, wenn andre auch krepiern –
uns wird schon nichts passiern.

Der dumme Bub

Der dumme Bub hat ein Problem,
der dumme Bub ist schizophren.

Ihn hat seit heuer wie ein Feuer
die Paranoia, das wird teuer.

Was soll man machen mit dem Bub,
jetzt kriegt er täglich seinen Schub.

Wann des ned boid anders werd,
dann muaß no was passiern.
Man hat ins Kind doch investiert,
das muß sich doch rentiern.

Wir habns probiert mit kalten Güssen,
die hätten wirklich etwas helfen müssen.

Dann kam der Arzt – trarirara –
mit seinen Psychopharmaka.

Mein Gott, die Schande ist enorm,
der Bub ist wirklich deppert wordn.

Wann des ned boid anders werd,
dann muaß no was passiern.
Man hat ins Kind doch investiert,
da muß es doch pariern.

Und gestern schleppt er mit der Tram
a Zwanzig-Zentner-Bomben an.

Er sagt: »Ich sprenge das System!« –
jetzt sehn Sie's selbst, der Bub ist schizophren.

Damit er endlich mal pariert,
wird ihm das Hirn rausoperiert.

Des muaß jetzt endlich anders werdn,
jetzt muaß moi was passiern.
Man kann doch in das dumme Kind
ned dauernd investiern.

Sieh da, das war des Pudels Kern.
So ohne Hirn hat man ihn richtig gern.

Jetzt dreht er Däumchen, so a Freud!
Und ist ganz friedlich und bereut.

Der Doktor sagt: »Des werd scho werdn,
die meisten lebn ned lang und sterbn.«

Irgendwann muß jeder mal
den Grundsatz akzeptiern:
Wann ein Kind ned hören will,
dann muß mas operiern!

Abgesang eines Gefangenen

Wenn du mich morgen antriffst, vielleicht
unten am großen Umschlagplatz der bösen Genies
oder in einem Spielsalon, streitend und fett,
dann sprich mich nicht an, denn du könntest
entdeckt werden mit mir.
Schau an mir vorbei und nimm dir einen von den
schönen Männern, die immer im Geschehen sind.
Geh mit ihm zum Brückensaum, und ich werde dir
nachsehen. Du wirst siegen, doch was heißt das schon:
Ich werde überstehn.

Dann reite ich auf hellen Pferden
einfach den Bogen der Erde hinauf
und fürchte nicht, gejagt zu werden,
und schließ die Schleusen der Meere auf:
Und das ganze Land wird fluten unter mir,
und ein ganzes Volk wird bluten unter mir.
Und es wird gut sein…

Und wenn du morgen mit mir reden möchtest, vielleicht
weil du erkaltest, dann werde ich fort sein.
Such nicht nach mir, denn zwischen Asche und Asphalt
habe ich meinen Sprungturm errichtet.
Geh zu deinen windstillen Freunden und siege:
Ich werde überstehn.

Dann reite ich auf hellen Pferden
einfach den Bogen der Erde hinauf
und fürchte nicht, gejagt zu werden,
und schließ die Schleusen der Meere auf:
Und das ganze Land wird fluten unter mir,
und ein ganzes Volk wird bluten unter mir.
Und es wird gut sein...

Heit schaugn die Madln wia Äpfel aus

Du fahrst hoam, wenn die Nacht grad zuamacht
und nach Schimmel und Abfall riacht.
Und wia a gfälschte Madonna
zahnluckad umd Eckn kriacht.

Du bist dasig. Die Strich auf der Straßn
san eckad und kaum mehr zum seng.
Du schlafst ei, dann duads noch an Dumpfn –
und dann is halt scho um di gscheng.

Doch auf oamoi rollt ganz von da hintn
a Feierball in deine Augn.
Des werd a Dog, so wia koana!
Fahr ma zua, Bua – heut gibts was zum Schaugn:

Heit schaugn die Madln wia Äpfel aus,
heit is a glasiger Dog.
Heit laß i nix von meim Leem aus,
a wenn i's grad heut ned vertrog.

Heit schaugn die Madln wia Äpfel aus,
heit is a glasiger Dog.
Heit laß i d'Welt ausm Käfig raus,
heit mach i mitm Leem an Vertrag.

Heit schaugn die Madln wia Sommer aus,
heit is a glasiger Dog.
Heit muaß i weit in die Wälder raus,
weil i mog, weil i mog, weil i mog!

Heit schaugn die Madln wia Engal aus.
Heit is a damischer Dog.
Heit fahr i gradwegs in Himmi nauf,
ohne Plog, ohne Plog, ohne Plog.

Alles geben die Götter, die unendlichen,
ihren Lieblingen ganz.
Alle Freuden, die unendlichen,
alle Leiden, die unendlichen, ganz.

GENUG IST NICHT GENUG

(1977)

Genug ist nicht genug
Stur die Straße lang
Was tat man den Mädchen
Willy
Der alte Kaiser
In diesen Nächten
Frieden im Land

Genug ist nicht genug

Daß der Himmel heut so hoch steht,
kann doch wirklich kein Versehen sein.
Und es ist bestimmt kein Zufall,
daß die Lichter sich vom Dunst befrein.

Ich sitz regungslos am Fenster,
ein paar Marktfraun fangen sich ein Lächeln ein.
Irgendwo da draußen pulst es,
und ich hab es satt, ein Abziehbild zu sein.

Nichts wie runter auf die Straße,
und dann renn ich jungen Hunden hinterher.
An den Häusern klebt der Sommer,
und die U-Bahnschächte atmen schwer.

Dieser Stadt schwillt schon der Bauch,
und ich bin zum großen Knall bereit.
Auf den Häusern hockt ein satter Gott
und predigt von Genügsamkeit:

Genug ist nicht genug,
ich laß mich nicht belügen.
Schon Schweigen ist Betrug,
genug kann nie genügen.

Viel zu lange rumgesessen,
überm Boden dampft bereits das Licht.
Jetzt muß endlich was passieren,
weil sonst irgendwas in mir zerbricht.

Dieser Kitzel auf der Zunge,
selbst das Abflußwasser schmeckt nach Wein.
Jetzt noch mal den Mund geleckt,
und dann tauch ich ins Gewühl hinein.

Komm, wir brechen morgen aus,
und dann stellen wir uns gegen den Wind.
Nur die Götter gehn zugrunde,
wenn wir endlich gottlos sind.

Auf den ersten Rängen preist man
dienstbeflissen und wie immer die Moral.
Doch mein Ego ist mir heilig,
und ihr Wohlergehen ist mir sehr egal.

Genug ist nicht genug,
ich laß mich nicht belügen.
Schon Schweigen ist Betrug,
genug kann nie genügen.

Stur die Straße lang

Stur die Straße lang und nichts denken,
nur: Es ist heiß heute.
Irgend jemand schüttet Licht aus.
Der Motor läuft erstaunlich ruhig.

Auf der Brücke lächeln brave Kinder.
Sie träumen davon, Handgranaten nach unten zu schleudern.
Die Tachonadel zittert ein wenig.
Das ist normal.

Natürlich geht es südwärts.
Du hast deiner Frau nicht mal mehr die Meinung gesagt,
doch vor deinem Chef endlich die Hosen runtergelassen.
Schön: Am Mittag zittert die Luft,
und die Felder driften nach Süden.

Es liegt viel Weg vor dir.
Deine Kinder werden weiterhin nur die Bay City Rollers lieben,
und dein Anwalt wird alles mit deiner Frau regeln,
während du diesen braunen Mädchen
Sand in die Augen träufelst.

Ab heute frühstückst du nur noch auf Terrassen.
Tahiti wahrscheinlich und ein Kugelbauch
und nach Schweiß riechen dürfen.
Nicht mal deinem Kantinenwirt wirst du ein Telegramm schicken.

Die Abende werden stiller und die Morgen länger sein.
Und immer wenn dein Kollege Paul sein Butterbrot auspackt,
öffnest du eine weiße Flügeltür und atmest kräftig durch.
Vor dir liegen Wiesen.
Am Horizont öffnen sie sich.

Was tat man den Mädchen

Sie schreiben immer lange Briefe
an irgendwen.
Sie halten sich ans Plakative,
denn sie sind leicht zu übersehn.

Sie sind verrückt nach Orchideen
und wären gern voll von Lust.
Doch zu geübt im Widerstehen
wird ihnen nichts bewußt.

Was tat man den Mädchen,
die wie Schirme und Nelken
liegengelassen
in Vorzimmern welken?

Man verdirbt sie mit Prinzen,
und statt ins Leben zu sinken,
wollen sie fliegen
und ertrinken.

Man nährt sie fleißig mit Romanen
und moralischem Brei.
Sogar ihr Ahnen
flieht am Leben vorbei.

Und irgendwann dann,
wenn sie sich nicht mehr spürn,
verliern sie sich,
sind verwundet und friern.

Was tat man den Mädchen,
die wie Schirme und Nelken
liegengelassen
in Vorzimmern welken?

In den Diskotheken,
wo sie errötend erglühen,
blättern sie ab
und würden so gerne blühen.

Willy

Mei, Willy, jetz wo i di so doliegn sich, so weit weg hinter dera Glasscheibn, genau oa Lebn zweit weg, da denk i ma doch, es hat wohl so kumma müaßn, i glaub oiwei, du hast as so wolln, Willy.

Ogfanga hat des ja alles 68, woaßt as no: Alle zwoa san ma mitglaffa für die Freiheit und fürn Friedn, mit große Augn, und plärrt habn ma: Bürger laßt das Glotzen sein, kommt herunter, reiht euch ein! – und du warst halt immer oan Dreh weiter wia mir, immer a bisserl wuider und a bisserl ehrlicher.

Mia habns eana zoagn wolln, Willy, und du hast ma damals scho gsagt: Freiheit, Wecker, Freiheit hoaßt koa Angst habn, vor neamands, aber san ma doch ehrlich, a bisserl a laus Gfühl habn ma doch damals scho ghabt, wega de ganzen Glätzen, die einfach mitglaffa san, weils aufgeht, wega de Sonntagnachmittagrevoluzzer: d'Freindin fotzen, wenns an andern oschaugt, aber über de bürgerliche Moral herziagn – die gleichn, Willy, die jetzt ganz brav as Mei haltn, weils eana sonst naß nei geht – und du hast damals scho gsagt, lang halt des ned, da is zvui Mode dabei, wenn scho die Schickeria ihrn Porsche gegan 2 CV umtauscht, dann muaß was faul sei an der großen Revolution, mitlaffa ohne Denken ko hoit nia guat sei, aa ned für a guate Sach.

Gestern habns an Willy daschlogn,
und heit, und heit, und heit werd a begrobn.

Dann hast plötzlich mim Schlucka ogfanga, und i glaub, a bisserl aufgebn hast damals scho. I versteh di, des is ja koa Wunder, wenn man bedenkt, was alles wordn is aus de großen Kämpfer. Heit denkas ja scho mit 17 an ihr Rente, und de

Madln schütteln weise an Kopf, wenn d'Muater iam Mo as Zeig hischmeißt und sagt, mach doch dein Krampf alloa, i mächt lebn – trotzdem, Willy, ma muaß weiterkämpfen, kämpfen bis zum Umfalln, a wenn die ganze Welt an Arsch offen hat, oder grad deswegn.

Und irgendwann hast dann ogfanga, die echten Leit zum suacha, de wo ned dauernd ja, Herr Lehrer, sagn, hinten in dene Kneipn am Viktualienmarkt und am Bahnhofseck, echter san de scho, Willy, aber i hab di gwarnt, aufpassen muaßt bei dene, weil des san Gschlagene, und wer dauernd treten werd, der tritt halt aa amoi zruck, aber du hast koa Angst ghabt, i kenn di doch, mia duad koana was, mei, Willy, du dummer Hund du, jetzt sichst as ja, wia da koana was duad.

Gestern habns an Willy daschlogn,
und heit, und heit, und heit werd a begrobn.

Sakrament – Willy – warst gestern bloß aufm Mond gwesen oder aufm Amazonas in am Einbaum oder ganz alloa aufm Gipfel, drei Schritt vom Himme weg, überall, bloß ned in dera unselign Boazn!

I hab in da Früah no gsagt, fahrn ma raus, as Wetter is so glasig, die Berg san so nah, schwänz ma a paar Tag, wia damals in da Herrnschui, an Schlafsack und die Welt in der Taschn, aber du hast scho wiederamoi oan sitzn ghabt in aller Früah, und am Abnd hast as dann wiedaramoi zoagn müaßn, daßd doch no oana bist.

Am Anfang wars ja no ganz gmüatlich. Und natürlich habn ma den alten Schmarrn wieder aufgwärmt, wieder amoi umanandgstritten, wer jetz eigentlich mim Lehrer Huber seiner Frau poussiert hat am Faschingsball, sentimental san ma gwordn, so richtig schee wars, bis der Depp an unsern Tisch kumma is mit seim Dreikantschlüsselkopf, kloa, schwammig und braun. Und dann hat a uns gfragt, ob ma beim Bund gwesen san, na ja, des habn ma ja noch ganz lustig gfunden, und daß a so froh wär, daß jetz wieder Ordnung kummt in die rote Staatssauce, und die Jugend werd ja aa wieder ganz vernünftig, und die Bayern wissens as eh scho lang, wos lang geht politisch, Willy, i hab gnau gwußt, des haltst du ned lang aus, und dann hat a plötzlich as Singa ogfanga, so was vom Horst Wessel. Hinten an de andern Tisch habns scho leise mitgsummt, und dei Birn is ogschwolln, und plötzlich springst auf und plärrst:

Halts Mei, Faschist!

Stad wars, knistert hats. Die Luft war wiara Wand. Zum Festhalten. Da hätt ma no geh kenna, Willy, aber na, i verstehs ja, du hast bleibn muäßn, und dann is losganga an de andern Tisch: Geh doch in d'Sowjetunion, Kommunist! Freili, Willy, da muaß ma narrisch werdn, wenns scho wieder soweit is, aber trotzdem, laßn geh, hab i gsagt, der schad doch neamands mehr, der oide Depp, nix, hast gsagt, alle schadens, de oiden und de junga Deppen, und dann hat der am Nebentisch plötzlich sei Glasl daschlogn, ganz ruhig, und is aufgstanden, Willy, du dumme Sau, i hab di bei da Joppen packt und wollt di rausziagn, obwohl i's scho nimmer glaubt hab, und du hast di losgrissen: Freiheit, des hoaßt koa Angst habn vor neamands, und bist auf ean zua und nacha hat a halt auszogn... Willy, Willy, warn ma bloß weggfahrn in da Früah, i hätt di doch no braucht, wir alle brauchen doch solche, wia du oana bist!

Gestern habns an Willy daschlogn,
und heit, und heit, und heit werd a begrobn.

Der alte Kaiser

Der alte Kaiser steht im Garten und wirft Schatten.
So überflutet ihn der Mond. Der Kaiser träumt:
In die vergoldeten Paläste strömten Ratten,
und in den Sälen seien wilde Pferde aufgezäumt.

Die ritten Tote, und ein dumpfes Klagen
zerriß die Erde, und der Kaiser flieht
und schreit zum Mond hinauf: Dich muß ich haben.
Und hofft auf einen, der ihn in den Himmel zieht.

Schlaf, Kaiser, schlaf,
denn morgen werden sie kommen.
Du hast ihnen viel zuviel
von ihrem Leben genommen.

Der alte Kaiser steht im Garten und wird älter
und ängstigt sich und hebt verwirrt die Hand.
Die kaiserlichen Nächte werden kälter,
ein harter Atem überfällt das Land.

Schon schmieden sie am Horizont die Schwerter,
der Glanz der fetten Zeiten ist verpufft.
Der Kaiser spürt: er war schon mal begehrter,
und gräbt sich eine Kuhle in die Luft.

Schlaf, Kaiser, schlaf,
denn morgen werden sie kommen.
Du hast ihnen viel zuviel
von ihrem Leben genommen.

Der alte Kaiser steht zum letztenmal im Garten.
Noch ein paar Stunden, und der Kaiser war.
Er läßt die Arme falln, die viel zu zarten,
und wittert und ergibt sich der Gefahr.

Die Tränen der Paläste werden Meere.
Sogar die Ratten fliehen mit der Nacht.
Und mit der neuen Sonne stürmen stolze Heere
die alte Zeit und ringen um die Macht.

Stirb, Kaiser, stirb,
denn heute noch werden sie kommen.
Du hast eben viel zuviel
von ihrem Leben genommen.

In diesen Nächten

In diesen Nächten, wo die süßen Gifte
der Einsamkeiten durch die Straßen rinnen,
vergeh ich mich so gern an mir.

Man atmet dumpfer, und man hat Gesichte,
und aus den Straßenlöchern treten schwarze Spinnen
im Dunst von Rotwein, Rotz und Gier.

Die müden Nutten lehnen an den Türen
wie faules Obst, zertretbar und verdorben.
Es klingt Musik an aus den heilen Welten.

Die Luft ist angefüllt mit Syphilisgeschwüren,
und in den Himmelbetten ist die Lust gestorben,
die viel zu viele zum Menü bestellten.

In diesen Nächten packt mich ein Verlangen,
das wie ein Feuer kommt, um all den Mist
und Wirrwarr meiner Seele zu durchwandern.
Doch ich versuche nicht, mich abzufangen,
weil es ganz sicherlich schon ein Verbrechen ist,
nicht so kaputt zu sein wie all die andern.

An manchen Fensterkreuzen hängen Tote,
die erst in ein, zwei Jahren sterben werden.
Unten im Rinnstein fließt das Leben ab.

Ein Heilsarmist verliest die zehn Gebote.
Man hat es satt und legt sich hin zum Sterben.
Doch selbst zum Sterben ist die Zeit zu knapp.

Ein Volk in Agonie, und trotzdem lebt es
unter der Maske Tod wie jene Fische,
die noch mal leuchten, kurz bevor sie enden.

Und in den letzten Zügen schwebt es
noch einmal überm Sumpf in aller Frische
und zeigt dir strahlend trotzend Stirn und Lenden.

In diesen Nächten packt mich ein Verlangen,
das wie ein Feuer kommt, um all den Mist
und Wirrwarr meiner Seele zu durchwandern.
Und ich versuche nicht, mich abzufangen,
weil es ganz sicher schon ein Fehler ist,
nicht so kaputt zu sein wie all die andern.

Frieden im Land

Das Land steht stolz im Feiertagsgewand.
Die Zollbeamten sind schön aufgeputzt.
Sogar die Penner haben Ausgang, und am Rand
sind ein paar Unverbesserliche noch verdutzt.
Die alten Ängste, pittoresk gepflanzt,
treiben sehr bunte neue Blüten.
Die Bullen beißen wieder, und der Landtag tanzt.
Endlich geschafft: ein Volk von Phagozyten.
Jetzt ist es allen klar: Der Herr baut nie auf Sand.
Es herrscht wieder Frieden im Land.

Vereinzelt springen Terroristen über Wiesen.
Wie chic. Die Fotoapparate sind gezückt.
Die alten Bürgerseligkeiten sprießen,
die Rettung, Freunde, ist geglückt.
Die Schüler schleimen wieder um die Wette.
Die Denker lassen Drachen steigen.
Utopia onaniert im Seidenbette,
die Zeiten stinken, und die Dichter schweigen.
Wie schön, daß sich das Recht zum Rechten fand:
Es herrscht wieder Frieden im Land.

Ich will mich jetzt mit einem runden Weib begnügen,
drei Kinder zeugen, Eigenheime pflanzen und
die Menschheit einfach mal um mich betrügen.
Wohin denn leiden – schließ mir, Herr, den Mund.
Wirf mir die Augenbinden runter und den Stirnverband:
Es herrscht wieder Frieden im Land.

LIEDERBUCH
(1977)

Als würd ich mit ihr schlafen
Zirkus
Ich singe, weil ich ein Lied hab

Als würd ich mit ihr schlafen

Es war eins von diesen Festen,
die noch leben von den Resten
einer Zeit, wo solche Feste noch was galten.
Wer was wollte, mußte schnalzen,
wer voll Lust war, mußte balzen,
ein paar Freaks zum Renommieren, die schon lallten.
Ich dachte schon, da kommt nichts mehr,
doch irgendwann schritt sie einher,
nicht schön, doch ungeheuer fleischlich.
Und ich wollte nach ihr beißen,
ihr das Abendkleid entreißen,
doch man sagte mir: »Die schaffst du doch nicht – preislich.«
Und da, als wir das erstemal uns trafen,
da war mir schon, als würd ich mit ihr schlafen.

Ich versuchte sie zu fangen,
sie mit Worten anzulangen,
sie zu streicheln mit poetenhaften Blicken.
Ihre Lippen wurden runder,
meine Wünsche noch profunder,
und dann spürte ich ihr hingehauchtes Nicken.
Ein paar Herrn mit dicken Scheinen,
fasziniert von ihren Beinen,
hatten plötzlich, was sehr selten ist, den Schaden.
Und wir warn schon an der Türe,
da verfolgten mich die Schwüre,
nie mehr wieder einen Dichter einzuladen.
Dann schlenderten wir Hand in Hand zum Hafen,
da war mir wieder mal, als würd ich mit ihr schlafen.

Ich war lüstern wie ein Schüler,
die Gespräche wurden schwüler,
und die Nacht war ein Gewächshaus feuchter Lüste.
Dann verbrannte mich ihr Atem,
denn sie schenkte sich in Raten,
und ich reifte und entdeckte ihre Brüste.
Dieses Spiel war herrlich tödlich,
und der Morgen kam schon rötlich
übers Wasser auf uns beide zugeritten.
Da ergab sie sich und nahm mich,
und auf einmal überkam mich
ein Gefühl, als hätte ich sie schon jahrelang erlitten.
Sie sagte noch: Komm, mach mich jetzt zum Sklaven –
da ist die Lust mir plötzlich eingeschlafen.

Zirkus

Der Zirkus steht in Flammen,
und seine Flittersterne züngeln grell.
Die Reiterinnen schrein, und ihre Wangen
sind straff wie Leder, das Gebell

der Saxophone ist fast tödlich.
Der Federstrauß der Pferde zittert.
Die Kindertränen schimmern rötlich,
der Clown wirkt weinerlich und sehr verbittert.

Und Bären tanzen angefettet.
Der Zauberer verzaubert sich und stirbt.
Die Seile reißen schon, und keiner rettet
das Mädchen in der Kuppel, es verdirbt

wie Fleisch, das viel zu lang am Haken hängt.
Die Löwen wittern schon das große Fressen,
ihr Fell ist räudig und riecht angesengt,
und ihre Zeit ist etwas kurz bemessen –

da stürzen sie sich voll ins Fleisch der Menge.
Das Zeltdach fließt herab wie heißes Blut.
Man gruselt sich noch etwas im Gedränge
und ist zufrieden. Das Programm war gut.

Ich singe, weil ich ein Lied hab

Er war Sänger, wie andere Bäcker
oder Handelsvertreter sind.
Er verkaufte sehr gut, denn er hielt sich
an die Sonne, den Mond und den Wind.
Seine Welt war so herrlich gerade,
seine Hemden so weiß und so rein,
und er sang sich, ganz ohne zu zögern,
in die Seele des Volkes hinein.

Doch ganz plötzlich befiel ihn das Singen,
wie einen ein Fieber befällt,
so als hätte sich irgendwas in ihm
gegen ihn gestellt.
So als hätte sich seine Stimme
über ihn hergemacht
und das stumme Gestammel des Sängers
plötzlich zum Schweigen gebracht.

Ich singe, weil ich ein Lied hab,
nicht, weil es euch gefällt.
Ich singe, weil ich ein Lied hab,
nicht, weil ihr's bei mir bestellt.
Ich singe, weil ich ein Lied hab.

Es gab viele, die hatten bis dato
ihr tägliches Brot an ihm,
und sie sahen die Sangesmaschine
aus ihren Fängen entfliehn.

Und die Mädchen verließen den Sänger,
und der Ruhm stieg dem nächsten ins Haupt,
und es wurde ihm einfach alles,
was früher für ihn war, geraubt.

Und so trug man den Sänger zu Grabe,
und ein neuer stieg lächelnd ins Land.
Er verkaufte sehr gut, denn er hatte
sich besser in der Hand.

Nur von weitem und etwas verschwommen,
schon zu leise, um noch zu bestehn,
sucht ein Lied sein Recht zu bekommen,
denn man kann es schon nicht mehr verstehn.

Ich singe, weil ich ein Lied hab,
nicht, weil es euch gefällt.
Ich singe, weil ich ein Lied hab,
nicht etwa, weil ihr's bei mir bestellt.
Ich singe, weil ich ein Lied hab,
nicht, weil ihr mich dafür entlohnt.
Ich singe, weil ich ein Lied hab,
und keiner, keiner, keiner wird von mir geschont.
Ich singe, weil ich ein Lied hab.

EINE GANZE MENGE LEBEN
(1978)

Es ist schon in Ordnung
Wer nicht genießt, ist ungenießbar
Eine ganze Menge leben
Ich liebe diese Hure
Bleib nicht liegen
So möcht ich nicht begraben sein
Totgeboren aber nicht verloren
Hexeneinmaleins
Waidmanns Heil
Oamoi von vorn ofanga

Es ist schon in Ordnung

Es geht mit dem Schrei an,
dem allseits bekannten.
Erst kommt's auf den Brei an
und auf die Verwandten.
Dann läuft alles wie immer,
du versuchst kurz zu denken,
doch irgendwer wird
dieses Denken schon lenken.
Du möchtest dich fühlen,
versuchst dich zu kriegen,
bist ganz begeistert
von deinen Trieben,
doch bald erkennst du:
ausgeschmiert –
denn da ist immer wer,
der bestimmt und regiert.

Ob das der Lehrer ist
oder der Meister,
irgendwann treten sie dich,
denn sie sind immer feister.
Ob das die Eltern sind
und ihr Ordnungmußsein –
du möchtest wachsen,
doch sie kriegen dich klein.
Dann träumst du von Wiesen
und von Dingen, die weich sind,
währenddessen erzählen sie dir,
daß die Menschen nicht gleich sind
und daß das sehr wichtig ist,

daß man pariert:
denn da ist immer wer,
der bestimmt und regiert.

Dann möchtest du rennen,
du möchtest schrein,
hast unbändige Lust,
einmal böse zu sein.
Da muß doch was faul sein.
Das kann doch nicht stimmen.
Die wollen dich einfach
auf Untertan trimmen.
Die reden von Liebe –
was damit wohl gemeint ist?
Du schaust dein Gesicht an,
das meistens verweint ist.
Und es dauert nicht lange,
dann ist es passiert:
Es ist schon in Ordnung,
daß jemand regiert.

Wer nicht genießt, ist ungenießbar

Noch kriegt ihr mich nicht dran,
es gibt noch viel zuviel zu tun.
Auf diesem Lorbeer, der erstickt
und träge macht, will ich nicht ruhn.

Mich lockt das Ungetane. Und
zum Sterben bleibt noch soviel Zeit.
Die Sattheit, die man uns verspricht,
bezahln wir nur mit Einsamkeit.

Da ist ein Himmel, und der will
schon lange eingenommen sein.
An diesem Höhenflug der Lust
muß ich doch auch beteiligt sein.

Ich weiß, ihr hättet mich sehr gerne
redlich, reif und situiert.
Laßt euren Käse reifen. Ich
bleib lieber weiter unkastriert.

Ich steh doch immer wieder auf,
auch wenn bis jetzt noch vieles mies war.
Ab heute wird nichts mehr versäumt:
Wer nicht genießt, ist ungenießbar.

Ich will die Feigheit brennen sehn.
Man muß sich wehrn, solang man kann.
Denn wer sich fügt, der fängt bereits
ganz insgeheim zu lügen an.

Die Herren pokern. Ihre Welt
friert unsre Herzen langsam ein.
Jetzt kann nur noch die Fantasie
die Sterbenden vom Eis befrein.

Es kann nicht gut sein, wenn man friert.
Jetzt muß was Warmes, Weiches her.
Die kalte Last der Sittsamkeit
wird mir schon lange viel zu schwer.

Ich steh doch immer wieder auf,
auch wenn bis jetzt noch vieles mies war.
Ab heute wird nichts mehr versäumt:
Wer nicht genießt, ist ungenießbar.

Eine ganze Menge leben

Ab und zu morgens in italienischen Kneipen hocken,
Wirklichkeiten an sich vorbeiziehen lassen
und den Mädchen auf den Po blicken:
Wie unwirklich ist das alles.

Draußen nur Himmel und Land.
Der Pizzabäcker schlägt ein Rad.
Jetzt kurz den Atem anhalten. Schmecken. Riechen.
Und: Ich will noch eine ganze Menge leben.

Draußen stehen Pinien. (Sie könnten lächeln.)
Zwischen zwei Espressos schminkt sich der Mittag.
Er steht nackt in seiner Garderobe und scherzt.
Jetzt aufstehen. Die Arme ausbreiten.

Dann tritt SIE aus den Wäldern. Zuversichtlich.
Und eine Flasche Rotwein im Arm.
Die Hügel ebnen sich. Wir erreichen eine große Stadt.
Der Abend wird eingetrunken.

Sie erzählt von ihrem Land. Wir singen.
Die Kellner heben die Fäuste.
Avanti Populo und *un bicchiere di vino rosso ancora.*
Wir sind zuversichtlich.

Ich liebe diese Hure

Ihr habt sie einfach nicht gesehn,
wenn sie so zum Vergehen schön
mit diesem leichten hohen Gang
betörend ihre Tasche schwang.

Noch Kind, doch trotzdem dieser Welt
bewußtlos in den Arsch gestellt.
Ein Nachtgewächs, doch wenn sie mag
und euch umarmt, dann wird es Tag.

Wenn sie bei mir liegt, wird mir klar,
daß jede vor ihr Irrtum war.
Wenn sie mich anspricht, fühl ich mich
auf einmal furchtbar wesentlich.

Ihr könnt es glauben oder nicht,
wenn's etwas gibt, was mich zerbricht,
dann nur, wenn sie mich fallenläßt.
Das haut mich um, gibt mir den Rest:

Ja, Freunde, ja. Ich liebe diese Hure.

In ihren Nächten ist sie Leib,
Urhöhle, Schlamm und Lüsternheit.
Zwar elfenhaft, doch ungeniert
werden die Freier ausgeschmiert.

Was stört das mich. Wenn sie mich küßt,
dann weiß ich, wer sie wirklich ist.
So nur noch Liebe, Fleisch und Blut,
was schert mich da die Freiersbrut.

Keine wie sie, keine so rein,
sie muß ein Stück von etwas sein,
das vor unendlich langer Zeit
die Lust gab und die Sterblichkeit.

Ihr könnt es glauben oder nicht,
wenn's etwas gibt, was mich zerbricht,
dann nur, wenn sie mich fallenläßt.
Das haut mich um, gibt mir den Rest.

Bleib nicht liegen

Schon wieder wühlt sich dein Gefühl
in irgendeine Weichheit ein.
So zart umfangen, so vertraut,
das muß doch jetzt die Liebe sein.

Und feuchte Haut und plötzlich Mut.
Und alle Lust will Ewigkeit.
Du bettest dich. So liegt sich's gut.
Jetzt nur noch Frau sein und bereit.

Doch bleib nicht liegen,
denn sonst gräbt sich etwas fest in deinem Hirn,
was dir irgendwann den Mut zum Atmen nimmt.
Und auf einmal prägt dir einer dieses Zeichen auf die Stirn,
das die Wege, die du gehen willst, bestimmt.

Jetzt ist nur wichtig, daß man spürt,
das Denken hat dir Angst gemacht.
Nun eine Hand, die schmiegt und führt,
und dann den Frieden einer Nacht.

Wozu noch weiter. Kuß und Sand
und etwas Wärme sind genug.
Der Himmel schweigt. Das hat Bestand.
Und alles andre ist Betrug.

Doch bleib nicht liegen,
denn sonst gräbt sich etwas fest in deinem Hirn,
was dir irgendwann den Mut zum Atmen nimmt.

Und auf einmal prägt dir einer dieses Zeichen auf die Stirn,
das die Wege, die du gehen willst, bestimmt.

Wie schön: Die Erde wölbt sich sanft,
und dieses Bett auf dem Asphalt
ist hart, doch liegst du unverkrampft
und ausnahmsweise gut bestallt.
Kein Atem mehr. Schon welkt die Zeit.
Du fängst dir einen Körper ein.
Du läßt dich falln. Es ist soweit.
Und: Dieser Tod muß herrlich sein.

So möcht ich nicht begraben sein

Das sag ich euch: So möcht ich nicht begraben sein,
daß eine liebe Mutter meine Erde pflegt.
Nicht unter Rosen liegen, nicht unter einem Marmorstein,
will, daß man nichts auf meinen Körper legt.

Ich will so offen liegen, daß mich meine Hunde kriegen
und meine Lippen weiß sind wie die Luft.
Will wie ein Bock auf meiner Erde liegen.
Was soll ich unfrei sein in einer engen Gruft?

Will liegen, wie ich falle. Ich verzichte
auf diesen letzten Beistand eurer Heuchelei.
Gestattet, daß ich dies Geschäft allein verrichte.
Kein Nachgesang. Ich war einmal und bin vorbei.

Ich bin getilgt. Ihr habt euch um mein Leben
doch keinen Furz gekümmert. Warum dann um meinenTod.
Ihr müßt euch keinen letzten weißen Anstrich geben.
Der Körper steift sich, und das Blut ist nicht mehr rot.

Die Augen werden aus den Höhlen treten.
Und meine Füße werden etwas kühl.
Ich hab euch früher mal um eure Hand gebeten.
Das ist vorbei. Es stirbt auch das Gefühl.

So möcht ich neben jedem Nichtsnutz liegen,
dem ich die krumme Faust und das Gesicht entgegenstrecke.
So werd ich euch ein letztes Mal noch lieben,
in dem Moment, in dem ich dann verrecke.

Das sag ich euch: So möcht ich nicht begraben sein.
Kein Leichenunternehmer, kein Bestattungsfest.
Den Herrn in seinem schwarzen Gehrock laßt daheim.
Ihr solltet alles lieben, nicht den Rest.

Totgeboren, aber nicht verloren

Aufgewachsen in den kalten Städten,
ausgespuckt, dann stimmig präpariert,
Stückwerk dessen, was wir gerne hätten,
haben wir die Freiheit parodiert.

Mensch und Werkzeug, Herrscher und Lakaien,
Neid im Preis mit inbegriffen,
Märsche, Lorbeer, Ängste: kein Verzeihen.
Uns hat die Geschichte immer ausgepfiffen.

Totgeboren, aber nicht verloren.
Ausgebootet, aber noch ist Zeit.
Zwar, wir spüren blutend ihre Sporen,
doch wir sammeln uns vor ihren Toren,
denn nur uns gehört die Ewigkeit.

Großgeworden in den kalten Städten,
allesamt auf Frieden programmiert,
Höflichkeit und Schleim und Etiketten,
dafür lebenslänglich Rente garantiert.

Hilflos stumm zum Treten angetreten,
zittern wir noch vor der letzten Nacht.
Statt Bewußtsein: Beten und Pasteten,
denn die Dummheit ist der Mantel aller Macht.

Totgeboren, aber nicht verloren.
Ausgebootet, aber noch ist Zeit.
Zwar, wir spüren blutend ihre Sporen,
doch wir sammeln uns vor ihren Toren,
denn nur uns gehört die Ewigkeit.

Eingefroren in den kalten Städten,
haben wir das Sprechen nie geübt.
Träge lehnen wir an unsren Ketten,
stammeln leise: Danke. Das genügt.

Nur aus unsren Fantasien
ist das Atmen noch nicht ganz verbannt.
Nein! Wir haben uns nicht ausgeliehen,
und der Widerstand liegt auf der Hand.

Totgeboren, aber nicht verloren.
Ausgebootet, aber noch ist Zeit.
Zwar, wir spüren blutend ihre Sporen,
doch wir sammeln uns vor ihren Toren,
denn nur uns gehört die Ewigkeit.

Hexeneinmaleins

Du mußt verstehn! Aus Eins mach Zehn,
und Zwei laß gehn, und Drei mach gleich,
so bist du reich. Verlier die Vier!
Aus Fünf und Sechs – so sagt die Hex –
mach Sieben und Acht, so ist's vollbracht:
Und Neun ist Eins, und Zehn ist keins.
Das ist das Hexeneinmaleins!

Als sie Giordano Bruno verbrannten
sandte sein Gott keine Blitze gegen das Unrecht
munter flackerte das Feuer
der Pöbel mußte manchmal husten zwischen zwei Lachern
so qualmte Giordano.
Oder Grandier
neben seinem Scheiterhaufen
sonnte sich Richelieu
vierzehn Nonnen
mit Klistierspritzen garniert
wälzten sich vor Wollust und Gier
und das christliche Abendland
sann befriedigt
nach weiteren guten Taten.
Was hat dieser Ketzer mit uns zu tun
flötet unser Jahrhundert
doch
dreihundert Jahre später
konnte ein gewisser Trotzki
angeklagt
der Unzucht mit der Freiheit
das Haupt vom Dogmenbeil schon gespalten

dreihundert Jahre später
konnte dieser Trotzki
die Menschheit nur noch um Vergebung bitten
für seinen Henker.

Immer noch werden Hexen verbrannt
auf den Scheiten der Ideologien.
Irgendwer ist immer der Böse im Land,
und dann kann man als Guter
und die Augen voll Sand
in die heiligen Kriege ziehn!

Sacco und Vanzetti
keiner rothaarig
nie mischten sie Zaubertränke um Mitternacht
auch des Nachbarn Kühe gediehen vortrefflich
trotzdem wurden sie niedergemetzelt
von den Sklaven der freien Welt.
Oder
sechs Millionen Juden
eine Heerschar von Hexern
zum Aderlaß geprügelt für
die Reinheit des Blutes.
Schrecklich, schrecklich
und die Mönche der Demokratie
wedeln Verzeihung heischend mit der Rute
und siehe:
Der Freigeist geht um.
Alle sind aufgeklärt
doch wer weiß Bescheid?
Heute haßt man modern
die Angst ist die Flamme unserer Zeit
und die wird fleißig geschürt.

Sie verbrennen dich mit ihren Zungen und ihrer Ignoranz
dicke freundliche Herren
bitten per Television zur Jagd.
Tausende
zum Feindbild verdammt
halten sich fürs Exil bereit.

Die Schlupfwinkel werden knapp, Freunde.
Höchste Zeit
aufzustehn!

Du mußt verstehn! Aus Eins mach Zehn,
Und Zwei laß gehn, und Drei mach gleich,
so bist du reich. Verlier die Vier!
Aus Fünf und Sechs – so sagt die Hex –
mach Sieben und Acht, so ist's vollbracht:
Und Neun ist Eins, und Zehn ist keins.
Das ist das Hexeneinmaleins!

Immer noch werden Hexen verbrannt
auf den Scheiten der Ideologien.
Irgendwer ist immer der Böse im Land,
und dann kann man als Guter
und die Augen voll Sand
in die heiligen Kriege ziehn!

Waidmanns Heil

Sie werden kommen, um zu jagen
mit Gewehren in der Hand,
und sie schleifen ihre Ketten
voller Wollust übers Land.

Ihre Hunde jaulen leise,
denn sie wittern meinen Duft,
und ihr Adler stößt verklärt
den krummen Schnabel in die Luft –

ja, ich seh sie schon...

Diese Erde breitet lächelnd
ihre Kälte über mich,
und die Tugend fühlt sich wieder
einzig wahr und wesentlich.

Selbst mein unerhörtes Schweigen
wird beflissentlich bewacht.
Ihr wollt richten? Welche Richtschnur?
Was ihr Recht nennt, nenn ich Macht!

Waidmanns Heil, ihr werdet jagen,
meinen Mut zu Markte tragen.
Waidmanns Dank, ihr müßt mich kriegen.
Eure Gerechtigkeit wird siegen.

Greise Mönche hetzen gierig
mit Gebeten ins Geschehen.
Schon am Modern, doch sie werden sich
mit Lust an mir vergehen.

Ihr Gemurmel steigt nach oben
und formiert sich zum Gefecht.
Schleudre deine Blitze, Vater,
denn dein Urteil ist gerecht.

Sie werden kommen, um zu jagen,
und die Städte werden leer.
Schon umzingelt mich ihr Atem,
und die Luft wird zäh und schwer.

Alle Menschen werden Brüder,
denn sie haben einen Feind.
Wieder sind die Pharisäer
in Wahrhaftigkeit vereint.

Waidmanns Heil, ihr werdet jagen,
meinen Mut zu Markte tragen.
Waidmanns Dank, *mich* sollt ihr kriegen:
Alle könnt ihr nicht besiegen.

Oamoi von vorn ofanga

Sichst as, Herrgott,
jetz hats mi halt aa dawischt,
und i hab oiwei glaubt,
grad mi dawischts ned.

Auf oamoi
genga de Liachta aus,
und nimma lang,
dann is zspät.

Natürlich, ois is glaffa,
wiasd as du wolln hast, Herrgott.
A erfüllts Leem
hast mir beschert.

Zwoa Kinder, gsund,
und a sparsame Frau,
und eigentlich
hab i mi nia beschwert.

Doch samma ehrlich, Herrgott,
du dadsd des aa ned mögn,
dei Leem lang bloß doo,
was d'andern sagn.

Und sichst as: Genau da drüber
müaßn mir zwoa jetz amal redn.
Wenn i mas recht überleg,
hab i des aa nia vertragn.

Sicha, i woaß,
da Mensch muaß si unterordnen,
weil sonst gabs koa Ordnung
auf dera Welt.

Doch wenn i so nachdenk,
die, wo d`Ordnung macha,
vo uns
hat die doch koana bstellt.

Irgendwie hab i nämlich
des, was wichtig is,
mei ganz Leem lang
übersehn.

Und grad
weils jetz aus is mit mir,
sollst du mich oamoi
ned übergehn.

Jetz möcht i oamoi, oamoi ganz von vorn ofanga,
liem und laut sei und mich beschwern.
I bin doch oiwei bloß am Bandl ghanga,
jetz misch i mit, jetz möcht i plärrn.

Jetz möcht i oamoi, oamoi ganz von vorn ofanga,
oamoi mei Leem lang mia selba ghörn.
I woaß, ihr da drobn habts furchtbar Angst davor,
wei jetz, Herrgott, jetz werd i mi wehrn!

Na ja,
des hätt i ma ja denka könna:
So voll
steigst du da drauf ned ei.

Du sagst dir:
Oamoi glebt, des glangt für den,
und wenns hoid aus is,
is vorbei.

Aber sonst
laßt dir scho immer was Neis einfalln:
Hunger und Krieg
und all den Schmarrn.

Nur mir da herunt
solln immer ja dazu sagn
und ziagn und schleppa
eiern Karrn.

Des war halt scho immer so:
Du bist da Chef.
Doch glaub mas,
des regt uns langsam auf.

Zum Deifi mit dera
Duckerei:
Jetz, grad jetz
gebma erst recht ned auf!

Jetz werdn ma endlich oamoi ganz von vorn ofanga,
liem und laut sei und uns beschwern.
Mir san doch oiwei bloß am Bandl ghanga,
jetz misch ma mit, jetz möcht ma plärrn.

Jetz werdn ma oamoi, oamoi ganz von vorn ofanga,
oamoi a Leem lang uns selba ghörn.
I woaß, ihr da drobn habts furchtbar Angst davor,
wei jetz, meine Herrn, jetz werdn mia uns wehrn!

KONSTANTIN WECKER LIVE
(1979)

Lösungslotterie

Lösungen.
Losungen.
Lose.
Lotterie.
Lösungslotterie.

Heinz ist links, Sepp linker, Fritz halblinksliberal, dagegen Werner viertellinksmitteoben, Bob ist sozialistisch kulturschaffend, Frederic ultra, einfach ultra, und Sabine radikal: *radikal.* Heinz hauptsächlich anal, Sepp dagegen maoistisch total, Werner versteht sich global im Eurosinn, Frederic, wie schon erwähnt, nur ultra. Ultra und damit juck. Sepp findet Heinz zu liberal, Sabine findet Sepp zu pauschal, Werner findet Sepp, Heinz und Sabine ganz nett, aber auch nicht optimal, Bob als sozialistisch Kulturschaffender findet alle zuwenig fundamental, und Frederic findet alle unmöglich. Nur Bruno findet sie alle o.k., aber der hat sich schon vor drei Jahren blödgesoffen.

Lösungen.
Losungen.
Losung.
Lose.
Lotte. Das doppelte Lottchen.
Lotterie.
Lösungslotterie.
Links um zwei drei:

Alle liegen se richtig.
Alle haben se recht.
Jeder hat's erfunden.
Jeder liebt Bert Brecht.

Jeder liebt auch Heine.
Und wie schon betont:
Alle liegen se richtig,
keiner wird verschont!

Terrorismus: Nein!
Ein klares, stimmgewaltiges, äußerst eindeutiges Nein, brüllte mein Onkel, darüber verlier ich kein Wort, da wäre jedes Wort Verschwendung, ist mir scheißegal warum und wieso, und dann schwieg er.
Mein Schweigeonkel.
Mein Angstumseigenheimonkel.
Mein Seinenkinderneinextremfürsorglichervaterseionkel.
Schwieg und meinte:
Schwanz ab, Rübe ab, Hand ab, alles ab, ab, ab, ab...
(Hut ab.)
Lösungen:
Heinz findet meinen Onkel brutal, Sepp reaktionär, Bob nur pubertär, Fritz schlägt die Hände über dem Kopf zusammen und haucht: Scheiße das, Scheiße das, wohingegen Werner, der Viertellinksmitteobenwerner, sich zu einem heiseren: Auswandern, Exil, Griechenland – hinreißen läßt.
Frederic ist zu ultra, um überhaupt noch was zu sagen.
Lösungen, Losungen, Warten:
Sabine jetzt nicht mehr ganz so radikal, Bob findet plötzlich Mandel kausal, Fritz statt halblinksliberal neuerdings oriental, Sepp jobbt mittlerweile im Continental, und bei Werner hat sich's ausgeaalt, denn er hat nen Posten als Fernsehredakteur

angenommen. Frederic hat sich doch endgültig den Zeugen Jehovas angeschlossen.
Losungen – Lassos – Hasso faß – und: Links zwei drei:

Alle liegen se richtig.
Alle haben se recht.
Jeder hat's erfunden.
Jeder liebt Bert Brecht.

Jeder liebt auch Heine.
Und wie schon betont:
Alle liegen se richtig,
keiner wird verschont!

Und mein Onkel lacht sich eins,
denn das weiß auch er:
Gegen diese Linke
hat man es nicht schwer.

Was man sich merken muß

Hinterausgänge, am besten überwachsene, uneinsichtige,
solche, die man direkt vom Keller aus erreichen kann
(wobei hier der romantische Aspekt
weniger zu berücksichtigen ist
als der zweckmäßige der schnellen Flucht).

Gute Freunde, unkontrollierte und noch nicht registrierte,
die im Parterre wohnen und eines ihrer Fenster immer
angelehnt lassen.

Ferner: daß dieses berühmte Knacksen in der Telefonleitung
immer seltener auf eine normale Störung zurückzuführen ist.

Daß bestimmte Gespräche mit guten Bekannten in Kneipen
am besten leise oder noch besser nicht in Kneipen
oder höchstens in bestimmten Kneipen geführt werden
sollten.

Flußläufe und Parks sind weniger zu beachten,
dagegen wäre es gut, einen exakten Plan der städtischen
Kanalisation mit sich zu führen.

Auch sollte man sich merken,
daß heftiges Pochen an der Tür meistens nicht den Besuch
gutgelaunter Freunde verkündet,
doch was man sich vor allem merken muß:
Irgendwann hat es keinen Sinn mehr,
sich zu verstecken.

Dann:
Kein Ticket nach Übersee,
sondern hierbleiben.
Brüllen.
Widerstehn.

Vaterland

Vata, is des wirklich wahr,
warst du wirklich a Sozi in die dreißiger Jahr?
Warst du wirklich damals im Widerstand,
hast gekämpft gegns eigene Vaterland?
Vata, i muaß mi schama,
i möcht an andern Nama,
in der Schui, du glaubst ned, wia peinlich des is,
da hoaßens di an Kommunist.

Und der Bua träumt von Recht und Ordnung,
von an gsunden, graden Tritt,
und im Geist, da hört er's marschieren,
und im Geist, da marschiert er scho mit.

Und der Vata woaß ned aus no ein,
so weit is scho kumma mit der Duckerei,
mit Kommunistenhatz und Berufsverbot
und Wirtschaftswunder und Arbeitsnot.
Da wehrst di dei Lebn lang gegen all den Schutt,
und dann machas dafür deinen Sohn kaputt.

Und der Vata nimmt si a Nacht lang Zeit
und verzählt dem Buam von der Unmenschlichkeit,
von Kriag, von KZ, von der Feigheit der Leit,
und er plärrt, paß auf, die macha si bald wieder breit!
Dann packt der Bua seine Sachen,
sagt: Vata, da muaß i doch lachen,
du kannst es doch überall lesen,
des is doch ganz anders gewesen.

Und dann träumt er von hohen Stiefeln
und von Männern aus Stahl und Granit,
und im Geist, da hört er Trompeten,
und im Geist, da marschiert er schon mit.

Und der Vata woaß ned aus no ein,
so weit is scho kumma mit der Duckerei,
mit Kommunistenhatz und Berufsverbot
und Wirtschaftswunder und Arbeitsnot.
Da wehrst di dei Lebn lang gegen all den Schutt,
und da machas dafür deinen Sohn kaputt.

Und a paar Wocha später steht der Bua vor der Tür
und zittert und flüstert: I ko nix dafür,
die macha ernst, die basteln Granaten,
die redn von Volkssturm und Attentaten.
Vata, i muaß mi schama,
i möcht an andern Nama,
wir ham – i trau mirs gor ned sagn,
gestern nacht im Streit an Mo derschlagn.

Und der Vata denkt an früher,
hört die grausamen Stiefel marschieren,
und im Geist, da marschieren die noch immer,
und schon morgen ko des wieder passieren.

Und wia so vui andere kriagt er an Zorn,
was is bloß wieder aus Deutschland worn?
Mit Kommunistenhatz und Berufsverbot,
mit Wirtschaftswunder und Arbeitsnot.
Da wehrst di dei Lebn lang gegen all den Schutt,
da machas dafür deine Kinder kaputt.

Lang mi ned o

Manchmal wachst auf und stehst neba dir,
und scho ganz in da Früah gehst vorm Dog in die Knia.
Du bist woach in de Füaß und ums Hirn rum so dumm,
und wiara nassa Sack hängst irgendwo rum.
Und dann, wenn oana kummt und di oamoi foisch olangt,
dann kannt des scho sei, daß a boid oane eifangt:

Lang mi ned o –
i bin am Rotiern.
Lang mi ned o –
i kannt mi valiern.
Lang mi ned o –
es kannt was passiern.
Lang mi ned o –
denn i kannt mi valiern, und dann konn i
für nix garantiern!

Und dann hockst in da Wirtschaft und bstellst dir a Bier,
des schmeckt a no lauwarm, und der Depp neba dir
hats Mei auf wia immer, daß die Trumpfkartn sticht,
und du haltst des ned aus und springst eam ins Gesicht,
und dann werd er no bsuffa und vazählt dir sei Lebn,
dann is soweit, dann sagst as eam ebn:

Lang mi ned o –
i bin am Rotiern.
Lang mi ned o –
i kannt mi valiern.
Lang mi ned o –
es kannt was passiern.

Lang mi ned o –
denn i kannt mi valiern, und dann konn i
für nix garantiern!

Und dann suachst wiara Viech a Platzal zum Sterbn,
wei: wennsd erst amoi hi bist, nacha werd des scho werdn.
Der Himmel is schmierig und wart scho auf di,
und du kraist dich ind Erdn und werst einfach ned hi.
Und dann kummt a umd Eckn, da deppade Tod –
plötzlich wachst auf und springst auf und siechst rot:

Lang mi ned o –
i bin am Rotiern.
Lang mi ned o –
i kannt mi valiern.
Lang mi ned o –
es kannt was passiern.
Lang mi ned o –
denn i kannt mi valiern, und dann konn i
für nix garantiern!

Lied vom Mannsein

Ich bin, seit ich was von mir weiß,
auf Kraft und Siegen programmiert.
Im Sagen groß. Das Herz zumeist
auf breite Schultern reduziert.

Natürlich: Denker und modern,
rein hirnlich schon im rechten Gleis.
Verteufelt nur, daß meine Lust
von meinem Hirn zuwenig weiß.

So furchtbar lang den feuchten Traum
von meiner Herrlichkeit geträumt
und leider nebenbei den Anschluß
an die Liebe fast versäumt.

Kumpanen, Prost! Und jetzt geht's rund,
und warum solln wir uns kastriern!
Ich proste mit. Doch hab ich Angst,
mich wieder mal selbst anzuschmiern.

Ich sag mir: Freund, was ist denn los,
hör auf zu jammern, Mann ist Mann!
Nur manchmal widert mich der Zwang
zu meinem Mannsein furchtbar an.

Ich weiß noch nicht, wohin das führt,
da ist nur was, was ängstlich macht,
was plötzlich all meine Gefühle
untersucht und überwacht.

Die Herren Götter danken ab,
jetzt muß es gottlos weitergehn.
Das klingt so leicht. Doch es ist schwer,
ganz ohne Heimat zu bestehn.

Ich komm mir plötzlich so durchleuchtet
und so hilflos vor und nackt.
Der alte Kaiser ist allein.
Sein alter Harnisch ist geknackt.

Ihr fragt zu Recht: Wo hat er nur
sein Siegerlächeln hingetan?
Ich hoff nur, daß ich irgendwann
auch ohne Siegen lächeln kann.

Kumpanen, Prost! Ich will's probiern,
mich etwas von mir zu befrein.
Ich bleib ein Mann. Nur keine Angst.
Doch deshalb Herrscher? Danke. Nein.

Mensch, gib acht!

Mensch, gib acht:
Es könnte sein
daß du mit einem Knall
mit einem plötzlichen Knall
in die Luft fliegst
schwuppdiwupp
und dann wäre es an dir
endlich Farbe zu bekennen
und dann könnte es doch sein
daß du etwas überfordert
schwitzend
nackt und voller Angst
bekennst:
Ich glaub, ich hab was falsch gemacht.
Mensch, gib acht:
Es könnte sein
daß dein Anstand
deine Bravheit
die zu oft gesenkten Blicke
dieses jajawollnatürlich
und die Sattheit
ja: die Sattheit
dir auf einmal
aus den Augen
aus den Ohren
aus der Nase
aus dem Arsch
wie ein Brei rinnt
und dann suchst du
schnupperst

spürst es
halt da war was
bitte bleib doch
schwuppdiwupp
nur noch stammeln
Fragezeichen
Gott: Wie hab ich falsch gedacht.

Und dann stehst du ganz verdattert
vor der Dunkelheit in dir,
zeichnest mit den Daumen klitzekleine Kreise.
Sehr verstört. Sehr verängstigt. Und dann blickst du etwas stier.
Und bekennst zu guter Letzt: Alles Scheiße.

Mensch, gib acht:
Es könnte sein
daß dein Leben bei dir anklopft
Freund
wie soll ich das verstehn
du hast zwar alles mitgenommen
doch ich bin viel zu kurz gekommen.
Mensch, gib acht:
daß diese tiefe Mitternacht
dich nicht noch zum Komplizen macht
und dann:
vertan.
Wenn deine Frau nie geliebt war?
Dein Buckel nur gekrümmt war?
Deine Zunge nur geleckt hat?
Dein Haus zwar gebaut war
dein Baum zwar gepflanzt war
dein Sohn zwar gezeugt war

dein Buch zwar geschrieben war
doch deine Faust nie geballt war?

Mensch, gib acht!
Nur wenige sind aufgewacht.
Wie schrecklich, daß man sterblich ist
und alles sonst gewerblich ist.
Schwuppdiwupp –
ja und dann?

Und dann stehst du ganz verdattert
vor der Dunkelheit in dir,
zeichnest mit den Daumen klitzekleine Kreise.
Sehr verstört. Sehr verängstigt. Und dann blickst du etwas
stier.
Und bekennst zu guter Letzt: Alles Scheiße.

Haberfeldtreiben

Jetzt hams di dawischt.
So, wia ma alle dawischn.
Oan nachm andern.

Hast di seiber neigrittn.
Jetzt konnst schaugn, wias di wieda nausreitst.
Werd ned leicht sei.

Mia schaugn ja lang zua
bei solchene wia bei dia,
und koana soll uns nachsagn,
daß ma ungeduldig warn.
Aber ungmüatlich kemma werdn.
Was zweit geht, geht zweit.
Und wenns Schluß is, is Schluß.
Mit dera Revoluzzerei
is jetzt aus und vorbei.

Haberer, is wahr?

Wahr is!

Dein bolschewistischn Schmarrn
kannst da ab jetzt sparn.
Hört eh koana zua.
Bei uns ziagt des ned so.

Mia san friedliche Leid,
bal ma uns in Ruah laßt.

Bal ma uns ned in Ruah laßt,
wiß man scho, wo ma hilanga müassn.

Haberer, is wahr?

Wahr is!

Und was dann?

Dann packn ma zamm!

Ja, mei Liaba,
jetzt hats di dawischt.
Wems Maul dauernd offn steht,
dem muaß mas amoi stopfa.

Hättst a sauberer Buasch werdn könna.
Hat ned solln sei.
Da oane geht ums Feuer rum,
da ander dappt nei!

Is wahr?

Wahr is!

Und wega dem Frieden im Land,
des konnst ruhig uns übalassn.
Des kriagn ma scho hi.
(Aber ohne di!)

Unsan Himme laß ma uns von dia
ned vaschiabn.
Der bleibt, wo a is.
Da gibts nix zu dischkrian.
Und überhaupts:
Des werd na scho in Ordnung sei,
wann oana regiert.
Und jetzt dema nimma lang rum:
Du bist überführt.

Des was immer war, is wahr!

Wahr is!

Oiso nachad, treibts zua!

Jetzt schaug wosd bleibst.
Jetzt frißt di da Ratz.
Jetzt kumma mia.
Jetzt ghörst da Katz.

Da huift da koa Plärrn,
koa Betn huift mehr,
so wias das brauchst,
nehma die her.

Auf solche wia die,
da wartma scho lang.
Jetzt nemma die dant.
Jetzt pack ma die zamm.

Weckerleuchten
(Bestandsaufnahme eines Konzerts)

Ein paar Dauerfans, 14 Intellektuelle, Marke: Aha, sehr interessant, drei Models, meistens großäugig.
Weckerleuchten.
Zwei freundliche ältere Herren mit Gattin, ein Opelkadettfahrer mit Hut und Prostatabeschwerden, 6 Teenies, gähnend.
Weckerleuchten.
Keine Waschbären, leider, dafür ein Polizeipräsident, dem versehentlich ans Bein gepinkelt wurde, jedoch kein Minister des Inneren, Gott sei Dank.
Weckerleuchten.
Mischpulte, Musiker, Mimosen.
Weckerleuchten.
Wohl noch nie was von Politik gehört, wa?
Hüsteln. Falsches Lachen am richtigen Platz, richtiges Lachen am falschen Platz und: Wo bleibt die Aussage, wo bleibt das Heil? Bitteschön.
Weckerleuchten.
Mehrere Ludwigs, wovon zwei auch meistens und einer immer Lucky genannt werden, und eine Maria ohne Gnade und:
Wo bitte, bitte wo bleibt das Heil?
Weckerleuchten.
Und: Verzeihen Sie bitte vielmals, aber ich habe Ihnen nun mal das Heil zu bringen. Des Sängers Fluch. Des weiteren begrüße ich aufs herzlichste den Herzog von Utopien, der sich trotz seiner schweren Leiden das Hirn betreffend hierhergeschleppt hat, weil er glaubte, dies sei ein neurologischer Kongreß.
Weckerleuchten.

Wer weckt, was leuchtet!
Und: Ab und zu ein kleines, fast schüchternes, weißes, sich durch die Lieder schleppendes Heil. Ein Heilchen, sozusagen. Heile heile Segen. Außerdem:
Ideologien, meine Damen und Herren, Ideologien für jeden Zweck.
Zum Munkeln, zum Schunkeln, zum Entrüsten oder einfach zum Rechthaben. Kaufen Sie Ideologien direkt von der Sängerinnung, kostensparend und seit neuem auch saubere und hygienisch verpackte Einwegideologien zum Wegwerfpreis.
Weckerleuchten.
Und bitte, verehrte gnädige Frau, bewahren Sie Ihren Optimismus.

Ich schreib für die, die zwischen allen Stühlen
und ohne Trost ihr Leben packen.
Die Greifer, die in allen Tiefen wühlen
und ab und zu genießerisch in sich versacken.

Ich schreib, verdammt noch mal, nicht, um zu heilen.
Propheten hat's schon viel zuviel gegeben.
Ich möchte tauchen, taumeln und verweilen.
Nicht glücklich werden: sondern leben.

Den Krämern Kampf! Ich will mich spüren.
Wir sind nicht für das Nichts gemacht.
Ich schreib für die, die nie verführen,
und für den Aderlaß der Macht.

LIEBESFLUG

(1981)

Endlich wieder unten
Warum sie geht
Brich auf, Geliebte
Und ging davon
Der Schutzengel
Schafft Huren, Diebe, Ketzer her
Vater, laß mi raus
Manchmal weine ich sehr
Es sind nicht immer die Lauten stark
Liebesflug
Liebes Leben

Endlich wieder unten

Endlich bist du wieder unten,
wieder mitten im Geschehn.
Hast dich plötzlich losgebunden,
um als Mensch zu überstehn.

Wieder barfuß auf dem Boden,
wieder dort, wo uns die Welt,
losgelöst von Muß und Moden,
ansatzweis zusammenhält.

Und jetzt liegt da dieser Zettel
zwischen deinen Wertpapiern:
Heute nehm ich mir das Leben,
um es nie mehr zu verliern.

Kann auch ohne eure Titel
und Verträge überstehn.
Hab die Schnauze voll von Zielen,
will mich erst mal suchen gehn.

Nur die sich mißtrauen,
brauchen Normen zum Sein
und verteilen als Schuld,
was sie sich nicht verzeihn.

Doch wie immer sie dich
auch schuldig schrein,
nur du hast das Recht,
dein Richter zu sein.

Endlich stehst du zu den Bieren,
die man nur im Stehen trinkt,
siehst, wie glücklich ein Verlierer
ohne Kampf nach oben sinkt.

Suchst dir fünf Uhr früh am Bahnhof
einen Freund für einen Tag.
Ganz egal, was er dir gibt,
wenn er sich selbst nur etwas mag.

Und dann rinnt dir, weil du zitterst,
ein Glas Wein übers Gesicht,
fällst vom Stuhl und blickst nach oben
und entdeckst ein Stückchen Licht.

Dir verschwimmen Hirn und Sinne,
schwankst aufs Klo, schließt nicht mal zu,
überläßt dich deinem Dasein
und bist endlich wieder du.

Nur die sich mißtrauen,
brauchen Normen zum Sein
und verteilen als Schuld,
was sie sich nicht verzeihn.

Warum sie geht

Und das Häuschen steht ganz malerisch am Waldrand,
und den Garten schmückt ein Blumenbeet,
da ist ein Hund und eine Schaukel,
da blüht der Flieder (wenn es Mai ist),
und er versteht es einfach nicht,
warum sie geht.

Er hat doch immerhin die ganze Zeit geschuftet,
und ihretwegen hält er jetzt sogar Diät,
und plötzlich packt sie ihre Koffer,
unten wartet wer im Auto,
und er versteht es einfach nicht,
warum sie geht.

Na gut, er hat schon mal den Hochzeitstag vergessen
und ihr auch ab und zu mal eine eingeschenkt,
doch immerhin: Sie hat von seinem Tisch gegessen!
Und irgendwie hat sich das immer wieder eingerenkt.

Doch im Auto sind die Koffer schon gestapelt,
und auf einmal wird das alles so konkret.
Auch der Flieder denkt ans Blühen,
und wie flüchtig so ein Mai ist,
nur dem Hund ist's scheißegal,
warum sie geht.

Und sie lächelt so ein unbekanntes Lächeln,
eins, das endlich mal für sich alleine steht,
das ihn lähmt und das ihm weh tut,
das ihn abhält, sie zu halten –

und er versteht auch jetzt noch nicht,
worum's ihr geht.

Und das Häuschen steht ganz malerisch am Waldrand,
und den Garten schmückt ein Blumenbeet,
da ist ein Hund und eine Schaukel,
da blüht der Flieder (wenn es Mai ist),
und der versteht es ganz genau,
warum sie geht.

Brich auf, Geliebte

Brich auf, Geliebte,
nimm mich mit.
Heut nacht

hat sich auf einmal
unsre Liebe
aufgemacht.

Die Schiffe vollgetankt.
Kein Hafen lockt
mit Seelenruh.

Brich auf,
und schließe, Sturm,
uns nie die Augen zu.

Brich auf, Geliebte.
Endlich öffnet sich –

Nimm weiter dich
und liebe mich.

Und ging davon

Und ging davon. Und ohne große Sprüche.
Und nimmt noch Hemd und Hose aus dem Schrank,
um rein zu sterben. Zettel in die Küche:
Ich glaub, es reicht. Macht's gut und vielen Dank.

So viele Jahre Menschsein können nerven.
Man kann das einfach regeln oder larmoyant.
Er hörte auf, ein Weltbild zu entwerfen,
verzichtete aufs Schluchzen und verschwand.

Und in den Wohnblockzellen stricken sie Pullover
und richten sich schon jetzt auf Winter ein.
Die Hungrigen beschweren sich beim Ober.
Die meisten graben sich in ihren Ängsten ein.

Die Starken kämpfen noch um ein paar Rechte.
Die Hoffnungsvollen spenden Trost und Brot,
und er besinnt sich auf das einzig Echte:
Geht in die Knie, empfiehlt sich und ist tot.

Der Schutzengel

I wuis ned glaubn, des ko doch nimma i sei,
i hör mei Stimm zwoa Meter neba mir.
Und draußd vorm Haus, des muaß d'Gendarmerie sei,
die wolln mi holn, jetzt klopfns scho an d'Tür.

Einfach a bisserl an am Pulver ozogn
und mit am Blitz davo, solang der Vorrat reicht.
Doch diesmal glaub i, bin i ebbas zhoch gflogn,
ma brennt se leicht, wenn ma an Himmel streift.

Tua deine Griffen oba von meim Denga,
du greißlichs Gift, i ko di schnaufa hörn.
Wie kann i mi mia selber wieder schenga,
wer huift ma raus, was laßt mi wieder werdn?

A jeder ko sein Schutzengel verliern.
Der hat zwar a Engelsgeduld,
doch wennsd net aufpaßt, werd a weiterfliegn,
dann bist alloa mit deiner Schuld, und dann werst friern,
und dann werst friern.

Du liaba Engel, laß mi jetzt no net alloa!
I bitt di schee, ziag mi no oamoi nauf.
Ganz ohne Engel san ma alle no vui zkloa.
As nächste Mal paß i bestimmt vui besser auf.

Da draußen hockt der Tag grad bei der Brotzeit.
Wer macht des Fenster auf? Warum net i?
Mia werdn de Arm so schwer. I bin wia eigschneit.
I müaßt mi selber auftaun. Irgendwie.

Und du woaßt ganz genau, daß i net durchhalt.
I bin zu zwoat. Und oana werd scho schwach.
Du druckst di her, bis d'Tür endgültig zuafallt.
Und jetzt, bist zfriedn? Hörst? I lach. I lach.

I lach mi selber aus, hörst wia verlogn?
I lach mir jedsmal mehr a stoanas Herz.
Wenns aus is, sogt ma, werdn die Herzen gwogn.
Fliagt dann des mei no himmelwärts?

A jeder ko sein Schutzengel verliern.
Der hat zwar a Engelsgeduld,
doch wennsd net aufpaßt, werd a weiterfliegn,
dann bist alloa mit deiner Schuld, und dann werst friern,
und dann werst friern.

Schafft Huren, Diebe, Ketzer her

Und will man heut und hierzuland
halbwegs als Mensch gedeihn,
empfiehlt es sich, zur rechten Zeit
gefräßig, dumm und faul zu sein.

Dann pfeif ich auf die Quatscherei
um Feind und Schuld und Sinn,
geb meinem Bauch zum Denken frei
und freu mich einfach, daß ich bin.

Gestattet mir, trotz Stunk und Staat
gelegentlich zu schweben.
Wer sich nicht ehrlich freuen kann,
kann andern nie was geben.

Schafft Huren, Diebe, Ketzer her
und macht das Land chaotisch,
dann wird es wieder menschlicher
und nicht mehr so despotisch.

Und weil ich lieber lernen will,
anstatt euch zu belehren,
will ich mit euch nur ungeschminkt
und niemals tadellos verkehren.

Den Fehlerfreien trau ich nicht.
Ich will mit denen gehen,
die, was sie glauben, schon zu sein,
auf keinen Fall beschlossen sehen.

Ich weiß, nur mit dem Bauch wird Macht
und Bosheit nicht vertrieben,
doch vorher, Freunde, sollten wir
erst lernen, uns zu lieben.

Schafft Huren, Diebe, Ketzer her
und macht das Land chaotisch,
dann wird es wieder menschlicher
und nicht mehr so despotisch.

Vater, laß mi raus

17 Joahr is der Bua
und steht voll im Saft,
von der Schui hot er gnua,
woaß net, wohin mit seiner Kraft.
Er möcht obhebn und fliagn,
einfach irgendwas doa,
was eahm d'andern verzähln,
kommt eahm eh spanisch vor.

Er möcht si wo hoitn,
aber koaner langt zua.
Und die Sprüch von de Oidn
san eahm eh scho gnua.

Vater, laß mi raus aus deine Kroin.
Muata, laß mi raus aus deine Arm.
Möcht jetzt endlich ganz alloa in d'Höh steign
und auf d'Schnauzn foin.
Vater, laß mi raus aus deine Kroin.

In der Arbeit gibts Ärger,
weil er selbständig schnauft.
Und dann fangt ers Saufa o,
und dann fliagt er, weil er sauft.
Nachher hockt er im Stadtpark
mit die andern beinand,
hat nix mehr zum Beißn,
aber a Flaschn in der Hand.

Er möcht si wo hoitn,
aber koaner langt zua.
Des kann doch net as Leben sei,
des is doch net gnua.

Vater, laß mi raus aus deine Kroin.
Muata, laß mi raus aus deine Arm.
Möcht jetzt endlich ganz alloa in d'Höh steign
und auf d'Schnauzn foin.
Vater, laß mi raus aus deine Kroin.

Und es dauert net lang,
nachher liefernsn ei,
er woaß net warum,
doch jetzt lacht er dabei.

Nachher hockt er beim Doktor
und versteht koa Wort,
nur oans woaß er genau,
der laßtn nimma fort,
der laßtn nimma fort.

Und mit all ihren Gwoitn
machns eahn kloa,
doch sie könn eahn net hoitn,
weil jetzt hoit er si alloa.

Vater, laß mi raus aus deine Kroin.
Muata, laß mi raus aus deine Arm.
Möcht jetzt endlich ganz alloa in d'Höh steign
und auf d'Schnauzn foin.

Vater, laß mi raus aus deine –
Muata, laß mi raus aus deine –
Vater, laß mi raus aus deine Kroin.

Manchmal weine ich sehr

Ich will nicht klagen. Das Essen ist reichlich.
Jeden Freitag gibt's Analyse.
Morgen haben wir das große Mühleturnier.
Und von Werner herzliche Grüße.

Die Ärzte sind scherzhaft, die Pfleger gepflegt,
und sie lächeln unaufhörlich.
Die Pillen sind bunt und täglich
und schmecken wirklich kein bißchen gefährlich.

Manchmal weine ich sehr. Das behalt ich für mich.
Auch daß ich mich sehne nach dir.
Vom Bett aus sehe ich den Park und dich
und die Sonne bis Viertel nach vier.

Es schneit bereits. Doch jetzt im August
ist dir sicher zu heiß, um zu schreiben.
Vielleicht nächstes Frühjahr. Auch würd mich das freuen.
Ich werd noch ein Weilchen hierbleiben.

Die junge Frau Doktor ist jetzt auch nicht mehr da,
und grad die hat noch keinen verletzt.
Die hat auch nicht immer gleich *alles* gewußt,
deshalb hat man sie wohl versetzt.

Doch das Wichtigste ist: daß Werner und ich
kaum mehr in Behandlung waren.
Wir sind bald gesund. Auch wenn Werner meint,
die wollen jetzt Strom an uns sparen.

Manchmal weine ich sehr. Das behalt ich für mich.
Auch daß ich mich sehne nach dir.
Vom Bett aus sehe ich den Park und dich
und die Sonne bis Viertel nach vier.

Es sind nicht immer die Lauten stark

Es sind nicht immer die Lauten stark,
nur weil sie lautstark sind.
Es gibt so viele, denen das Leben
ganz leise viel echter gelingt.

Die stehen nicht auf Bühnen, füllen keine Feuilletons,
die kämpfen auf schwereren Plätzen.
Die müssen zum Beispiel in Großraumbüros
sich der Unmenschlichkeit widersetzen.

Die schützt kein Programm, kein Modedesign.
Die tragen an sich etwas schwerer.
Die wollen ganz einfach nur anständig sein
und brauchen keine Belehrer.

Die schreiben nie Lieder.
Die sind Melodie.
So aufrecht zu gehen,
lerne ich nie.

Liebesflug

Ich will nicht bis zum Frühjahr warten,
will jetzt schon meine Reise machen
und hätt dich gern dabei.

Das sind die wirklich großen Fahrten,
die einfach, ohne aufzuwachen,
den Herbst verbinden mit dem Mai.

Nur raus, nur fort, nur kein Verschieben!
Der Winter wird jetzt aufgerieben!
Was für ein Flug.

Von allen meinen großen Lieben
ist mir nur eine treu geblieben:
der Selbstbetrug.

Die Fenster offen. Um zu fliegen,
braucht's einen schönen Rausch
und Hexerei.

Wer, bitte, soll mich jetzt noch kriegen?
Ich reit auf einem Wattebausch
die Zeit entzwei.

Schon wirft die Erde erste Falten.
Da steigt ein Abgrund hoch zum All.
Bin ich jetzt frei?

Doch, doch! Das Tempo will ich halten.
Hab auch noch beide Lungen prall.
Bist du dabei?

Jetzt seh ich Deutschland untergehen.
Werd einfach meinen Rücken drehen.
Blick oben hin.

Ob Dichter bei den Engeln stehen?
Und kann ich von da oben sehen,
ob ich noch bin?

Ach, Liebe, mach dich nicht so schwer.
Sei leicht, sei leis, faß stiller an,
wo alles ruht.

Wo hast du nur die Kräfte her?
Wenn Liebe Sterne wecken kann –
verschon mich, Glut.

Und Liebe sitzt mir auf dem Rücken,
und Liebe sitzt mir im Genick,
ich trage schwer.

So kann das Fliegen niemals glücken.
Du lieber Mund, du lieber Blick,
du drückst mich sehr.

Verdammt. Noch nicht mal Herbst. Ich falle!
Das wird ein Warten auf den Mai!
Hab's fast gewußt.

Denn diese liebevolle Kralle
reißt mittendurch den Leib entzwei
und Stirn und Brust.

Liebes Leben

Liebes Leben, fang mich ein,
halt mich an die Erde.
Kann doch, was ich bin, nur sein,
wenn ich es auch werde.

Gib mir Tränen, gib mir Mut,
und von allem mehr.
Mach mich böse oder gut,
nur nie ungefähr.

Liebes Leben, abgemacht?
Darfst mir nicht verfliegen.
Hab noch soviel Mitternacht
sprachlos vor mir liegen.

LIVE IN MÜNCHEN
(1981)

Vom Frieren

Vom Frieren

Bis zum Hals mit diesem weichen Leben,
Alkohol und Liebe vollgepfropft,
schließ ich eine Nacht ab, die sich eben
noch die Dämpfe aus den Ärmeln klopft.

Diese Wärme: Jetzt nur nichts verlieren,
denn der neue Tag ist zu versiert.
Schon sehr bald, da wird man wieder frieren,
und man ist so hilflos, wenn man friert.

Plötzlich fängt der Himmel Feuer,
und die Schuhverkäuferinnen wachen auf.
Dieser Tag wird sicher auch nicht neuer,
und man nimmt das Leben wieder mal in Kauf.

Die Friseure werden bald frisieren,
und man spürt, daß wieder nichts passiert.
Nur: Sehr bald wird wieder jemand frieren,
und es ist nicht richtig, daß man friert.

Auf den Straßen nur noch Lebenssurrogate,
Liebesschwüre schwanken müde heim.
Wieder nichts geschafft als Plagiate,
und es wäre doch so schön, ein Held zu sein.

Noch ein letztes Bad in abgestandnen Bieren,
schnell, bevor die Nacht krepiert.
Irgendwer wird morgen furchtbar frieren,
und es kann nicht gut sein, wenn man friert.

Vorsicht, nur das Atmen nicht verlernen.
Suffverdrängte Ängste lachen los.
Würde gern verschwinden mit den Sternen,
denn die Erde ist mir plötzlich viel zu groß.

Doch man kann den Tag nicht boykottieren:
man geht unter, oder man pariert.
Nur ich weiß: Ich werde furchtbar frieren.
Und man ist so einsam, wenn man friert.

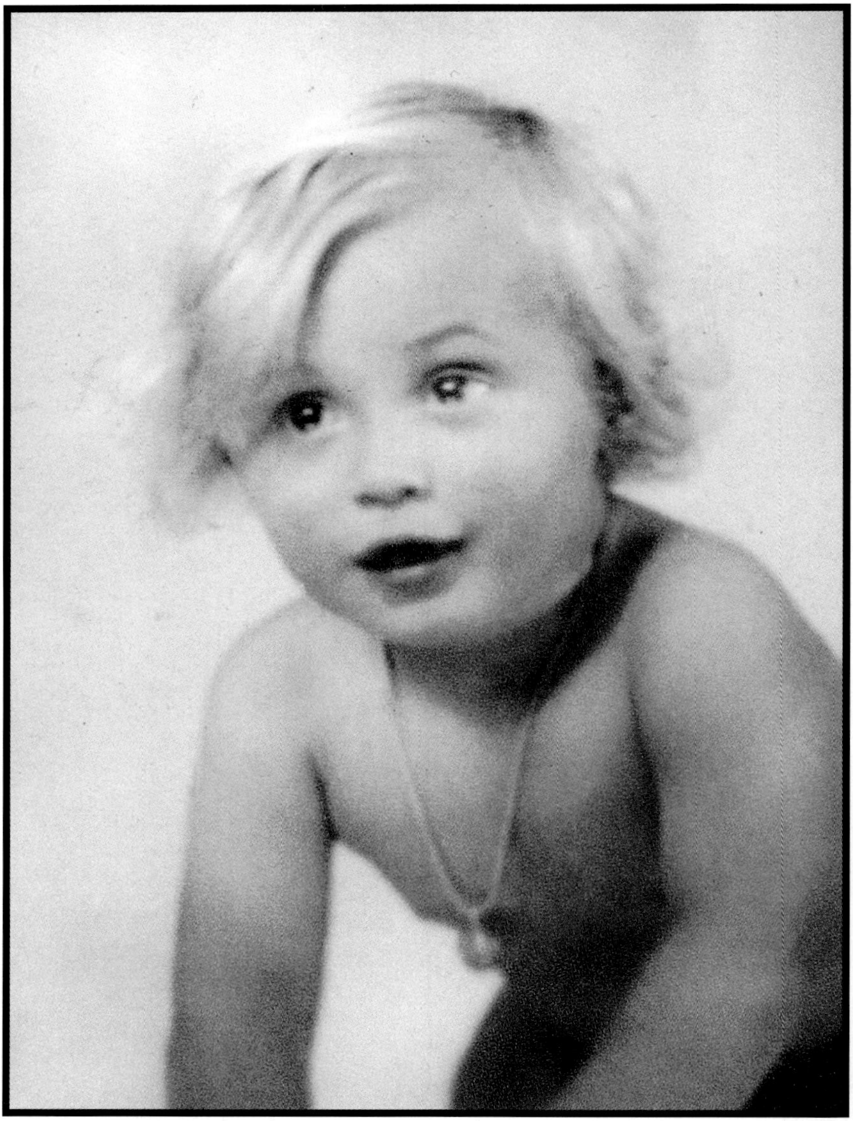

SCHIMMEL

DAS MACHT MIR MUT

(1982)

Das macht mir Mut
Du mußt dir alles geben
Wieder eine Nacht allein
D'Zigeiner san kumma
Ach, du mein schauriges Vaterland
Verehrter Herr Richter
Und das soll dann alles gewesen sein
Das wird eine schöne Zeit
Vom Weinstock und den Reben

Das macht mir Mut

Und keinem ist der Arm so lang,
auch nicht der Obrigkeit,
daß mir ein ehrlicher Gesang
im Halse stecken bleibt.

Wolln mich ein paar auch stumm zur Stund
und mir die Luft verpesten,
ich furz mir meine eigne, und
die ist bestimmt vom Besten.

Und draußen steigt die Sonne hoch,
bei uns die Fantasie.
Jetzt auf die Straße! Lacht sie aus,
die Scheiß-Technokratie!

Das macht mir Mut.
So muß es sein.
Und wenn dir was weh tut,
dann mußt du schrein.

Das macht mir Mut.
So muß es sein.
Und wenn dir was weh tut,
dann mußt du schrein.

So mancher Brave käm in Not,
würd man nicht schweigend sterben,
sondern entgegen dem Gebot
verrückt und lüstern werden.

Das knabbert an den Wertpapieren,
das könnt verwundbar machen.
Auch, Freunde, statt zu lamentieren,
sollten wir wieder lachen.

Und draußen steigt die Sonne hoch,
bei uns die Fantasie.
Jetzt auf die Straße! Lacht sie aus,
die Scheiß-Technokratie!

Das macht mir Mut.
So muß es sein.
Und wenn dir was weh tut,
dann mußt du schrein.

Das macht mir Mut.
So muß es sein.
Und wenn dir was weh tut,
dann mußt du schrein.

Du mußt dir alles geben

Du mußt dir alles geben,
Dämmern und Morgenrot,
unendlich laß dich leben,
oder bleib ewig tot.

Du mußt dir alles geben,
Dämmern und Morgenrot,
unendlich laß dich leben,
oder bleib ewig tot.

Du mußt dir alles geben,
alles ist immer mehr.
Die dir dein Schicksal weben,
geizen sehr.

Die dir Großes versprechen,
versprechen sich meistens dabei.
Mach deine eigenen Zechen,
taumle dich frei.

Du mußt dir alles geben,
Dämmern und Morgenrot,
unendlich laß dich leben,
oder bleib ewig tot.

Du mußt dir alles geben,
Dämmern und Morgenrot,
unendlich laß dich leben,
oder bleib ewig tot.

Du mußt dir alles geben,
keiner bringt dir dein Heil.
Alle Tage durchleben –
die Stufen sind tränensteil.

Ja, sogar alle Tage
können nie alles sein –
auch ohne Antwort: Frage
und gib dich ein!

Du mußt dir alles geben,
Dämmern und Morgenrot,
unendlich laß dich leben,
oder bleib ewig tot.

Du mußt dir alles geben,
Dämmern und Morgenrot,
unendlich laß dich leben,
oder bleib ewig tot.

Wieder eine Nacht allein

Wieder eine Nacht allein.
So viel gehofft, geträumt, vertraut,
die Augen wieder wund geschaut
nach einem Fetzen Paradies.

Wieder eine Nacht allein –
da muß doch irgend jemand sein,
der mit dir teilt, der mit dir sucht,
den so wie dich der Tag verließ.

Wieder eine Nacht allein.
Was jetzt noch läuft, ist gut bekannt,
jetzt bleibt nur noch die eigne Hand,
um etwas Zärtlichkeit zu spüren.

Wieder eine Nacht allein.
Du wirst noch zu den Huren gehen,
in einiger Entfernung stehen
und von der Unschuld fantasieren.

Und vielleicht wirst du morgen,
verlacht und verdreckt,
statt mit zärtlichen Worten
mit Tritten geweckt.

Das Blut voll von Fusel,
die Augen verdreht
und doch überzeugt,
daß es weitergeht.

Wieder eine Nacht allein.
Du willst dir kein Gesicht mehr leihen,
um wie die andern stark zu sein –
nur wer sich öffnet, kann sich spüren.

Wieder eine Nacht allein.
Du weißt, kein Wunder wird geschehen,
und trotzdem, du mußt weitergehen,
um nicht die Hoffnung zu verlieren.

Und vielleicht wirst du morgen,
verlacht und verdreckt,
statt mit zärtlichen Worten
mit Tritten geweckt.

Das Blut voll von Fusel,
die Augen verdreht
und doch überzeugt,
daß es weitergeht.

D'Zigeiner san kumma

D'Zigeiner san kumma,
habts es gseng, habts es ghört?
Auf da Wiesn kampierns,
daß si koana dro stört!

Deads d'Wäsch weg und d'Kinda,
schaugts auf eire Fraun!
Was müaßns grad uns
de Landschaft versaun.

D'Zigeiner san kumma,
und d'Gmoa laßt des zua,
als hätten grad wir
an Kanaken ned gnua!

Da muaß doch was gscheng!
Manna, stehts auf!
Oana wenn frech werd,
den misch ma auf.

Sonst samma ja alle
kreizguate Kerl.
Doch heit jagn mas zum Deife,
des Ausländergschwerl.

Hoits d'Facken und Knüppen.
Heit hoaz ma ei.
Dann vergeht dene Krüppen
d'Zigeinerei.

D'Zigeiner san kumma,
habts es gseng, habts es ghört?
Was soi ma no wartn,
bis si oana beschwert.

Jetzt kummts. Schliaßts eich o!
Was hast für a Not?
D'Zigeiner san kumma.
Und de mach ma heit dod!

Ach, du mein schauriges Vaterland

Ach, du mein schauriges Vaterland,
du Land der Richter und Lenker!
Gestern noch hast du Europa verbrannt,
und jetzt spielst du schon wieder den Henker.

Ach, du mein schauriges Vaterland
mit deinen geschmeidigen Mannen.
Wir sind wieder mal vor uns davongerannt,
aber ewig grünen die Tannen.

Über dreißig Jahre Gelegenheit,
alte Wunden auszuheilen,
war doch eigentlich genügend Zeit.
Oder wollen wir uns gar nicht beeilen?

Wir suchen uns ja immer noch
in den Gesten und Blicken der andern,
und sollten doch endlich das eigene Ich
mit all seinen Schwächen durchwandern.

Soll das auch noch die Schuld unserer Väter sein?
Hier geht's nur noch um unser Versagen.
Wir haben blind und ganz allein
unsere Freiheit begraben.

Und jetzt würgt uns eine Demokratie,
deren Recht so verdächtig gerecht ist,
deren Ordnung hysterisch wie noch nie
alles prügelt, was offen und echt ist.

Ach, du mein schauriges Vaterland,
du Land der Richter und Lenker!
Gestern noch hast du Europa verbrannt,
und jetzt spielst du schon wieder den Henker.

Ach, du mein schauriges Vaterland,
mit deinen geschmeidigen Mannen.
Wir sind wieder mal vor uns davongerannt,
aber ewig grünen die Tannen.

Wir sind nicht unbedingt weiser geworden
seit jenen Schrecklichkeiten.
Die Ja-Sager sind etwas leiser geworden,
die Schwurgerichtsräte sind greiser geworden.
Man erwartet kältere Zeiten.

Gestern noch hast du Europa verbrannt,
und jetzt spielst du schon wieder den Henker.

Verehrter Herr Richter

Verehrter Herr Richter,
wie halten Sie das nur aus –
Tag für Tag vollkommen zu sein?
Sucht einer, der täglich schuldig spricht,
auch manchmal Schuld bei sich allein?

Verehrter Herr Richter,
sind Sie jemals gesessen?
Nicht nur so mal reingeschneit, nein, nein, für längere Zeit?
Wissen Sie, wissen Sie,
was dort das Schlimmste ist?
Keine Zärtlichkeit! Keine Zärtlichkeit!

Verehrter Herr Richter,
wann sind Sie jemals nackt zu sich?
Andere entkleiden Sie doch dauernd öffentlich!
Sie allein
wären ja gar nicht so fürchterlich.
Aber leider hat Ihr Urteil so viel Macht hinter sich.

Verehrter Herr Richter,
Sie setzen sich ja gar nicht neben mich.
So von Mensch zu Mensch – warum erhöhen Sie sich?
Verehrter Herr Richter,
ich hab eine Bitte an Sie:
Verwenden Sie Ihre Macht für Freispruch und Amnestie!

Verehrter Herr Richter,
ich bitte für alle um Gnade.
Denn die Menschheit ist fürs Gefängnis zu schade.

Und das soll dann alles gewesen sein

Gerodete Dschungel, zerdachte Natur,
bald bleibt den tapfersten Bäumen
nur noch übrig, zerhackt und mit Politur
vom Blühen und Werden zu träumen.

Dann müssen wir unsere verplante Welt
mit eisernen Lungen versorgen.
Wir haben die Erde so schlecht bestellt
und betrügen noch heute das Morgen.

Doch wie wir auch strampeln, wie wir auch plärrn,
wir erreichen nur die Staffagen:
Der Staat dient den stets anonymeren Herrn
aus den obersten Etagen.

Und das soll dann alles gewesen sein –
ein Leben ganz ohne den Wind?
Versorgt und verplant und ohne Idee,
was wir wollen und wer wir sind.

Und das soll dann alles gewesen sein –
probieren, studieren, stolzieren,
um unser Versagen dann irgendwann
etwas besser zu interpretieren?

Die Lämmer halten sich Wölfe zur Zeit,
die reisen in Schafpelzsachen.
Wir belächeln zwar laut ihre Lächerlichkeit,
aber üben schon heimlich ihr Lachen.

Zur Rettung verschreibt man uns Pharmaglück,
als könnt man ums Leid sich drücken.
Und wenn wir dann heillos gerettet sind,
steigt das große Geschäft mit den Krücken.

Doch wie wir auch strampeln, wie wir auch plärrn,
wir erreichen nur die Staffagen:
Der Staat dient den stets anonymeren Herrn
aus den obersten Etagen.

Und das soll dann alles gewesen sein –
ein Leben ganz ohne den Wind?
Versorgt und verplant und ohne Idee,
was wir wollen und wer wir sind.

Und das soll dann alles gewesen sein –
probieren, studieren, stolzieren,
um unser Versagen dann irgendwann
etwas besser zu interpretieren?

Und das soll dann alles gewesen sein –
Glück und Tränen verflogen?
Einsilbig alles zu Ende gedacht
und um Ewigkeiten betrogen.

Das wird eine schöne Zeit

Geliebte, ich fürchte mich ohne dich.
Die Schatten der Mauer erdrücken mich.
Nicht Gitter, noch Schloß – mich fesselt die Zeit
und irgend jemands Gerechtigkeit.

Es ist selten Tag in meiner Zelle,
doch meine Lieder drängen ins Helle.
Manchmal gelingt es, mich zu entführen.
In fremde Bereiche. Nicht mehr zu berühren.

Das wird eine schöne Zeit,
wenn mich Melodien
fort von hier, hin zu dir tragen.

Du hältst die Flügel bereit
und machst, daß die Kirschbäume blühn.
Unten gaffen die Wärter und klagen.

Das wird eine schöne Zeit,
wenn Krieger vor Liedern fliehn
und Waffen Gedichten erliegen.

Du hältst die Flügel bereit:
Wenn wir fallen, bleibt immer noch Zeit,
uns endlich unendlich zu lieben.

Ach, leg dich doch einmal kurz neben mich,
ich weiß auch einen Namen für dich.
Die Nie-mehr-Tote werd ich dich nennen.
Du wirst doch warten? Mich wiedererkennen?

Es ist so dunkel. Der Mond ist vergittert.
Es heißt, ich hätt dir den Schädel zersplittert.
Wir werden das sicher bald besser verstehen.
Ich freu mich doch so, dich wiederzusehen.

Das wird eine schöne Zeit,
wenn mich Melodien fort von hier,
hin zu dir tragen.

Du hältst die Flügel bereit
und machst, daß die Kirschbäume blühn.
Unten gaffen die Wärter und klagen.

Das wird eine schöne Zeit,
wenn Krieger vor Liedern fliehn
und Waffen Gedichten erliegen.

Du hältst die Flügel bereit:
Wenn wir fallen, bleibt immer noch Zeit,
uns endlich unendlich zu lieben.

Vom Weinstock und den Reben

Dem Weinstock werden die Reben
im Herbst so furchtbar schwer,
und um zu überleben,
gibt er sie einfach wieder her.

Das mag ich so an den Bäumen:
ihr Wissen um Sterben und Sucht.
Was sie sich im Frühjahr erträumen,
verteilen sie später als Frucht.

Dem Weinstock werden die Reben
im Herbst so furchtbar schwer,
und um zu überleben,
gibt er sie einfach wieder her.

Das mag ich so an den Bäumen:
ihr Wissen um Sterben und Sucht.
Was sie sich im Frühjahr erträumen,
verteilen sie später als Frucht.

WECKER

(1982)

Ballade vom Puff, das Freiheit heißt
Nur dafür laßt uns leben
Du wolltest ein Stück Himmel
Revoluzzer
Manche Nächte
Der dumme Bub II
Ich möchte weiterhin verwundbar sein
Und dann
Noch lädt die Erde ein
Wenn unsre Brüder kommen

Ballade vom Puff, das Freiheit heißt

Kommen Sie in das Puff, das Zukunft heißt
und Wachstum, Profit und Ordnung!
Wenn Sie auch einer sind, der aufs Weiterleben pfeift,
dann sollten Sie das sofort tun.

Wir bieten Ihnen Wohlstand und Sicherheit
und unverwundbare Seelen.
Sie geben Ihr Hirn am Eingang ab
und brauchen sich nie mehr zu quälen.

Zwar: Es hat in diesem Leben
vieles nicht den rechten Sinn,
denn der eine muß marschieren,
und der andre sagt wohin.

Doch wer soll das schon verstehen,
besser hält man seinen Mund.
Gestern war die Welt noch eckig,
heute ist sie kugelrund.

Kommen Sie in das Puff, das Freiheit heißt,
die Kloake der Illusionen!
Wer brav ins Töpfchen der Wahrheit scheißt,
hat freies Essen und Wohnen.

Die Nächte sind sternklar wie eh und je
unter unserem künstlichen Himmel –
im Sommer gibt's Bräune, im Winter gibt's Schnee,
und das Lieben besorgt der Pimmel.

Zwar: Es ist in diesem Leben
vieles nicht im rechten Lot,
denn die einen machen Menschen
und die andern schlagn sie tot.

Doch wer soll das schon verstehen,
besser hält man seinen Mund.
Gestern war die Welt noch eckig,
heute ist sie kugelrund.

Nur dafür laßt uns leben

Daß dieser Mai nie ende!
Ach Sonne, wärm uns gründlich!
Wir haben kaum noch Zeit,
die Welt verbittert stündlich.

Daß dieser Mai nie ende
und nie mehr dieses Blühn –
wir sollten uns mal wieder
um uns bemühn.

Uns hat die liebe Erde
doch so viel mitgegeben.
Daß diese Welt nie ende,
daß diese Welt nie ende –
nur dafür laßt uns leben!

Noch sind uns Vieh und Wälder
erstaunlich gut gesinnt,
obwohl in unsern Flüssen
schon ihr Verderben rinnt.

Auch hört man vor den Toren
die Krieger schrein.
Fällt uns denn außer Töten
schon nichts mehr ein?

Uns hat die liebe Erde
doch so viel mitgegeben.
Daß diese Welt nie ende,

daß diese Welt nie ende –
nur dafür laßt uns leben!

Wie schön, der Lust zu frönen!
Es treibt der Wein.
Der Atem einer Schönen
lullt mich ein.

Daß dieser Mai nie ende
und Frau und Mann,
ein jedes, wie es will,
gedeihen kann!

Uns hat die liebe Erde
doch so viel mitgegeben.
Daß diese Welt nie ende,
daß diese Welt nie ende –
nur dafür laßt uns leben!

Du wolltest ein Stück Himmel

Wie viele Jahre hast du schon
an die Dunkelheit verschwendet!
Für die andern gab es Tag,
doch dich hätte er geblendet.

Dieses Warten, diese Ängste,
und dann doch nur schlechter Schnee.
Der kann niemand mehr erwärmen,
der tut nur noch höllisch weh.

Und jetzt drückst du dir verzweifelt
ein Stück Vene aus der Hand.
Zwei Sekunden voller Licht,
und nichts andres hat Bestand.

Und dann fällst du. Ein paar Fremde
heben dich noch einmal auf.
Sie erkennen dein Gesicht,
und dann geben sie dich auf.

Ach, ich kann dich gut verstehen,
immer hat man dir erzählt,
daß den Menschen statt der Seele
nur Chemie zusammenhält.

Und du wolltest ein Stück Himmel
und bekamst kaum ein Stück Brot,
dafür jede Menge Sprüche.
Besser bist du heute tot.

Dabei wärst du doch so gerne
endlich eigentlich geworden.
Doch die Suche, die zur Sucht wird,
kann auch unerbittlich morden.

Meistens trifft es nur die Zarten,
wer verhärtet, scheint zu siegen.
Doch das weiß ich ganz genau:
Du bleibst auch nicht lange liegen.

Vielleicht war es nicht so schlecht,
auf diese Weise zu verschwinden:
Dort, wo du dich jetzt befindest,
kannst du dich viel besser finden.

Ach, ich kann dich gut verstehen,
immer hat man dir erzählt,
daß den Menschen statt der Seele
nur Chemie zusammenhält.

Und du wolltest ein Stück Himmel
und bekamst kaum ein Stück Brot,
dafür jede Menge Sprüche.
Besser bist du heute tot.

Revoluzzer

Mit dem Leem, da hast doch bloß dei Schererei.
Kaum fangst o damit, na is a scho vorbei.
Wennst was sogn wuist, werst dadruckt,
und bist stad, werd auf di gspuckt,
und so kummts, daß jeder hoit sein Ärga obaschluckt.

A Revoluzzer müaßt ma sei,
dann war des Leidn schnei vorbei,
aber wer macht si scho die Plog
und macht sei Mei auf, wenn a mog.

Alle Dog, da habn ma doch des gleiche Gspui,
du hast oiwei zweng, die andern oiwei zvui,
wennst was wuist, na muaßt es kaffa,
nimmst das einfach, na muaßt raffa,
manchmoi woaß ma scho glei nimmer, wos ma wui.

A Revoluzzer müaßt ma sei,
dann war des Leidn schnei vorbei,
aber wer macht si scho die Plog
und traut sich mögen, wos a mog.

Und dann frogst di irgendwann: Was is passiert?
Ois is glaffa, und jetzt bist hoit a scho zmüad.
Du schaugst zruck und denkst: Ja mei,
wos hoit sei muaß, des muaß sei,
dem oana ghört die Hitz, da andre gfriat.

Und trotzdem, ganz hinten im Hirn, da dads hoit doch no a bissal rumorn, weil – irgendwos kannt scho sei an dera Revoluzzerei…

A Revoluzzer müaßt ma sei,
dann war der Ärger schnei vorbei,
aba wer macht si scho di Plog
und revoluzzt den ganzn Dog…

Manche Nächte

Schon wieder geistert's. Die Gesichter
sind mir bekannt. Ich habe Angst vor mir.
Dort dichtet einer. Und ein toter Richter
spielt Klavier.
Dort ein Erhängter. Bin das ich?
Ist das vielleicht mein Grab?
Ach Gott, wer bin ich eigentlich?
Ach, wär's nur Tag.

Manchen Nächten kann man nicht entfliehn,
und manche Räume zwingen dich zu bleiben.
Du bist allein mit deinen Fantasien
und fürchtest dich und kannst sie nicht vertreiben.

Das sind die großen Nächte. Halte fest
die Stunden, die dich so gefährden,
wo dir die Seele sagen läßt:
Du mußt ein andrer werden.

Jetzt über Hügel wandern, und es könnte regnen,
ein trüber Himmel hinderte mich nicht.
Jetzt Rosen oder einem Feigenbaum begegnen
und einem freundlichen Gesicht.
Nur keine Dunkelheit. Nur nicht allein sein.
Wer geht mit sich schon gerne ins Gericht?
Da muß doch irgendwo noch etwas Wein sein?
Warum kann dieses Ich nie mein sein?
Ach, gäb's nur Licht.

Manchen Nächten kann man nicht entfliehn,
und manche Räume zwingen dich zu bleiben.
Du bist allein mit deinen Fantasien
und fürchtest dich und kannst sie nicht vertreiben.

Das sind die großen Nächte. Halte fest
die Stunden, die dich so gefährden,
wo dir die Seele sagen läßt:
Du mußt ein andrer werden.

Der dumme Bub II

Da Bua wui ned zum Militär,
was is des für a Schand!
Da fuadad man de ganz Zeit her
fürs liebe Vaterland.

Man hat doch schließlich seine Pflicht
als Bayer grad erst recht.
Nur unser Bub erfüllt sie nicht –
i woaß ned, was er möcht.

Was für ein Skandal!
Der Bub versagt total.
Er sagt, er wui für uns ned sterbn –
aus dem werd, glaub i, nia was werdn.

Der Onkel is a Offizier,
der Bruder a Rekrut.
Nur unser Bua, i woaß ned wia,
hat überhaupts koan Mut.

Er hat an so an sanften Blick,
pariern is eam a Qual,
auch mag er keine Marschmusik –
ja sagn'S, is des normal?

Was für ein Skandal!
Der Bub versagt total.
Er sagt, er wui so jung ned sterbn –
aus dem werd, glaub i, nia was werdn.

Er geht den ganzen Tag spaziern,
ja, gibt denn des an Sinn?
Wenn jetzt die Russn einmarschiern,
dann woaß er ned wohin!

Die Nachbarn grüßen auch nicht mehr,
ich trau mich kaum mehr raus.
Der Bua, der macht koa Karrier –
und wia schaug i dann aus?

Was für ein Skandal!
Der Bub versagt total.
I glaub, auch wenn's zum Heulen ist,
am End is der a Pazifist.

Wann des ned boid anders werd,
dann muaß no was passiern.
Man hat ins Kind doch investiert,
das muß sich doch rentiern.

Ich möchte weiterhin verwundbar sein

Wenn ich jetzt wieder ohne Schnee
die letzten Jahre vor mir seh,
muß ich zu meiner Schmach gestehn,
es könnte vieles besser gehn.

Doch weil der Himmel gütig ist,
kann einem selbst der größte Mist,
darf einem oft die größte Pein
im nachhinein ganz nützlich sein.

Ich hab mich schon zu weit gefühlt,
um noch mit mir zu streiten,
dabei schafft jeder neue Schritt
nur Platz für neue Weiten.

Es gibt kein Leben ohne Tod,
ich bring mich wieder ein.
Ich möchte wieder widerstehn
und weiterhin verwundbar sein.

Drum nehmt es mir nicht allzu krumm,
ich bin halt öfters eher dumm,
weil mancher Mensch zu seinem Leid
speziell im Sumpf ganz gut gedeiht.

Zwar gilt heut nicht als rechter Mann,
wer seine Schwächen zeigen kann,
doch Mann und Recht, ich glaube fast,
daß das nicht gut zusammenpaßt.

Und drum probier ich's weiterhin
mit der Moral nach meinem Sinn,
denn wie uns die Geschichte lehrt,
war die des Rechtes oft verkehrt.

Und ist's auch nicht ganz angenehm,
und stünd ich ganz allein –
ich möchte wieder widerstehn
und weiterhin verwundbar sein.

Und dann

Ach, wärst du nur bei diesem Mann
niemals geblieben.
Jetzt strengst du dich so furchtbar an,
ihn auch zu lieben.

Verbietest dir, dich umzusehn,
er ist der Beste.
Und neben dir blüht das Geschehn
und feiert Feste.

Du quälst dich und du glaubst,
daß er sich ändern würde.
Die Zeit, die du dir damit raubst,
bleibt dir als Bürde.

Du stellst ihm Blumen auf den Tisch.
Er sagt: Ich gehe.
Ach, nicht mehr lang
und du erfrierst in seiner Nähe.

Und dann sitzt du irgendwann vor deinem Fenster,
mit starren Augen, Strickzeug in der Hand,
und du fürchtest dich, weil die Gespenster
dir deinen Schatten stehlen von der Wand.

Und der ist dir doch als einziger geblieben
und auch ein Päckchen Aspirin.
Noch ein Tagebuch, da steht geschrieben:
Ich habe Dir verziehn.

Manchmal träumst du noch davon,
mit ihm zu reden,
doch du hast ein Bild von dir,
das mußt du leben.

Dann verblassen dir auch bald
die Fantasien.
Ach, die hätt er dir auch sicher nie
verziehn.

Ein Hochzeitskleid verstaubt im Schrank
und ein paar Glückwunschkarten,
die ebenso wie du
auf Wunder warten.

Und das war's dann auch:
ein ganzes Leben –
nur an dich hast du es nie
vergeben.

Und dann sitzt du irgendwann vor deinem Fenster,
mit starren Augen, Strickzeug in der Hand,
und du fürchtest dich, weil die Gespenster
dir deinen Schatten stehlen von der Wand.

Und der ist dir doch als einziger geblieben
und auch ein Päckchen Aspirin.
Noch ein Tagebuch, da steht geschrieben:
Ich habe Dir verziehn.

Noch lädt die Erde ein

Was macht sich heut die Sonne breit –
was hält uns noch zurück?
Mir sitzt schon eine Ewigkeit
der Süden im Genick.

Dort unter Reben liegt sich's gut,
und Hitze hüllt uns ein.
Dann tauschen wir das alte Blut
für neuen Wein.

Und sind wir kräftig ausgeruht,
dann wolln wir schlafen gehn.
Oft hilft ein dicker Bauch ganz gut,
die Nacht zu überstehn.

Die junge Erde öffnet sich,
es kühlt das frische Gras.
Und dann, ich weiß, dann liebst du mich
im Übermaß.

Wie leicht, mein Schatz, verschläft man sich,
wenn man sich nicht so mag.
Das Leben währt
kaum einen Sommertag.

Was macht sich heut die Sonne breit –
sie stellt mich richtig bloß.
Mich läßt schon seit geraumer Zeit
die Freude nicht mehr los.

Wir haben so viel Zeit vertan
und uns so viel erklärt.
Du bist die Frau, ich bin der Mann
und umgekehrt.

Vielleicht wird sich die Sonne bald
schon von uns Menschen wenden.
Ich könnt's verstehn, sie ist zu alt,
sich sinnlos zu verschwenden.

Doch noch gibt's Herzen, die verstehen,
noch lädt die Erde ein.
Nur bald, es ist schon abzusehen,
wird's nur noch schnein.

Wie leicht, mein Schatz, verschläft man sich,
wenn man sich nicht so mag.
Das Leben währt
kaum einen Sommertag.

Wenn unsre Brüder kommen

Wenn unsre Brüder kommen
mit Bomben und Gewehren,
dann wolln wir sie umarmen,
dann wolln wir uns nicht wehren.

Sie sehen aus wie Feinde,
sie tragen Uniformen,
sie sind wie wir verblendet
und festgefahrn in Normen.

Auch wenn sie anders sprechen,
wir wolln mit ihnen reden.
Es solln die Präsidenten
sich doch allein befehden!

Jedoch, bevor sie kommen,
wär's gut, sich zu besinnen.
Ein jeder muß die Liebe
mit sich allein beginnen.

Wenn unsre Brüder kommen
mit Bomben und Gewehren,
dann wolln wir sie umarmen,
dann wolln wir uns nicht wehren.

FILMMUSIKEN
(1983)

Es könnte schon gehen
(aus: *Schwestern oder Die Balance des Glücks*)

Die Weiße Rose
(aus: *Die Weiße Rose*)

Es könnte schon gehen

Gerade den Tag
wieder über die Runden gebracht,
gelächelt, gegessen, aus der Dose gelebt –
na, eben mitgemacht.
Dann raus aus der Enge, das Atmen geübt
und ins Bier gestürzt,
nach Mädchen geschaut, nach der Schönheit genickt
und die Lippen geschürzt.

Und dabei hätt ich heute so gern mal
ein bißchen Leben gespürt,
wollüstig, faul
und einfach nur Fleisch und nicht zugeschnürt.

Na ja, du siehst ja ganz genau, wie's um mich steht,
und jetzt fragst du Arschloch auch noch, wie es mir geht!

Es könnte schon gehen,
aber sei doch mal ehrlich,
wenn du tust, was du willst,
dann lebst du gefährlich.

Freiheit, das heißt doch
für die, die dich lenken:
Frei bist du nur,
wenn du tust, was sie denken.

Gerade den Tag
wieder über die Runden gebracht,
nach Gründen gesucht
und dann doch ohne Grund ins Leere gelacht.

Von der Freiheit geblendet,
gleich wieder hinter der Ordnung verschanzt
und getreu der Devise von oben
ums Goldene Kalb rumgetanzt.

Und dabei wär's doch jetzt höchste Zeit,
mal am Rad der Geschichte zu drehn,
die Fassaden zu stürmen
und endlich mal selbst dahinterzustehn.
Du weiß ja ganz genau, daß dieser Wind bei uns nicht weht,
und jetzt fragst du Arschloch auch noch, wie es mir geht!

Es könnte schon gehen,
aber sei doch mal ehrlich,
wenn du tust, was du willst,
dann lebst du gefährlich.

Freiheit, das heißt doch
für die, die dich lenken:
Frei bist du nur,
wenn du tust, was sie denken.

Die Weiße Rose

1943, kurz vor dem Ende der Nazidiktatur, wurden die Geschwister Sophie und Hans Scholl und vier weitere Mitglieder der Widerstandsbewegung »Die Weiße Rose« in München hingerichtet. Ihnen und all denen, die sich auch heute noch dem Faschismus entgegenstellen, ist dieses Lied zugeeignet.

Jetzt haben sie euch zur Legende gemacht
und in Unwirklichkeiten versponnen,
denn dann ist einem – um den Vergleich gebracht –
das schlechte Gewissen genommen.

Ihr wärt heute genauso unbequem
wie alle, die zwischen den Fahnen stehn,
denn die aufrecht gehn, sind in jedem System
nur historisch hochangesehn.

Ihr wärt hier so wichtig, Sophie und Hans,
Alexander und all die andern,
eure Schlichtheit und euer Mut,
euer Gottvertrauen – ach, tät das gut!
Denn die Menschlichkeit,
man kann's verstehn,
ist hierzuland eher ungern gesehn
und beschloß deshalb auszuwandern.

Ihr habt geschrien,
wo andre schwiegen,
obwohl ein Schrei nichts ändern kann,
ihr habt gewartet,
ihr seid geblieben,

ihr habt geschrien,
wo andre schwiegen –
es ging ums Tun
und nicht ums Siegen!

Vielleicht ist das Land etwas menschlicher seitdem,
doch noch wird geduckt und getreten.
Der Herbst an der Isar ist wunderschön,
und in den Wäldern lagern Raketen.

Ich würd mal mit euch für mein Leben gern
ein paar Stunden zusammensitzen,
doch so nah ihr mir seid, dazu seid ihr zu fern,
trotzdem werd ich die Ohren spitzen.

Ihr wärt hier so wichtig, Sophie und Hans,
Alexander und all die andern,
eure Schlichtheit und euer Mut,
euer Gottvertrauen – ach, tät das gut!
Denn die Menschlichkeit, man kann's verstehn,
ist hierzuland eher ungern gesehn
und beschloß deshalb auszuwandern.

Ihr habt geschrien,
wo andre schwiegen,
obwohl ein Schrei nichts ändern kann,
ihr habt gewartet,
ihr seid geblieben,
ihr habt geschrien,
wo andre schwiegen –
es geht ums Tun
und nicht ums Siegen!

Ihr habt geschrien,
wo andre schwiegen,
obwohl ein Schrei nichts ändern kann,
ihr habt gewartet,
ihr seid geblieben,
ihr habt geschrien,
wo andre schwiegen –
es geht ums Tun
und nicht ums Siegen!

IM NAMEN DES WAHNSINNS
(1983)

Im Namen des Wahnsinns

Im Namen des Wahnsinns:
Sie sind verhaftet,
Sie haben zu laut und zu weit gedacht!

Im Namen des Wahnsinns:
Sie bleiben umnachtet,
Sie brauchen nicht denken,
Sie sind überdacht!

Im Namen des Wahnsinns:
Sie sind überführt,
Sie haben sich ab und zu selber gespürt!

Im Namen des Wahnsinns:
Sie haben gelacht, und
das hat Ihnen auch noch Spaß gemacht!

Im Namen des Wahnsinns
wird jeder vernichtet,
der sich von innen etwas belichtet.

Ja, ja, der Wahnsinn schleicht durch die Nacht,
denn uns hat der Wahn um den Sinn gebracht,
er hat einen Mantel aus Kälte an,
weil man Frierende besser regieren kann.

Ja, ja, der Wahnsinn schleicht durch die Nacht
und nennt sich Recht und nennt sich Macht,
verjagt die Sonne, löscht die Zeit
und stiehlt uns aus der Wirklichkeit.

Wenn ich erst Minister bin*

Wenn ich erst Minister bin,
mit Büro und Illusionen,
soll der Geld- und Lustgewinn
in meinem Herzen wohnen.

Wenn ich erst Minister bin,
makellos und edel,
bin ich endlich auch mal in,
sitz am rechten Hebel.

Was dem einen eine Not,
ist dem andren Tugend.
Besser gut gelebt als tot,
Platz gemacht der Jugend!

Platz gemacht der Frohnatur,
die da in mir flutet!
Ganz nach oben kommt man nur,
wenn ein andrer blutet.

Wenn ich erst mal oben bin,
geh ich nicht mehr runter.
Stolz die Brust und hoch das Kinn
und im Herzen munter!

Haben, haben, diese Welt
läßt sich auch noch kaufen.
Und in einem All von Geld
will ich dann ersaufen.

* Leicht abgewandelte Fassung von *Wenn ich Makler wär*
(ICH LEBE IMMER AM STRAND)

Wenn ich erst mal Kanzler bin,
mit Büro und Illusionen,
soll der Geld- und Lustgewinn
in meinem Herzen wohnen.

Was ist denn schon viel dabei,
einmal kurz nach oben,
und schon wieder eins, zwei, drei,
stößt man zwei zu Boden.

Triviale Litanei

Genormtes Leben,
geregeltes Wort,
wir haben das alles uns selbst zu verdanken.
Einige schwanken,
sollen sie fallen.
Kein Zögern, kein Zaudern,
statt reden nur plaudern,
es lag an uns allen.

Geregeltes Leben,
genormtes Wort,
die Bierpreise bleiben stabil im Land,
nur Deutschlands Fußball liegt noch im argen.
Was uns noch passieren kann,
ist schon passiert,
es wird wieder pariert.

Genormte Männer,
geregelte Welt,
wir haben das alles selber gewählt.
Jetzt hat uns die Sicherheit sichergestellt,
bespitzelt, belauscht,
die Namen vertauscht.
Der Aufschwung, der Aufschwung,
der Aufschwung ist da!
HURRA!

Gemännerte Norm,
geregelte Form,
gewertete Welt,

wir haben voll Mut die Freiheit gewählt,
die D-Mark gestählt,
jetzt werden Türken gequält,
jetzt gelten wir wieder was in der Welt.

Falleri, fallera,
wir sind wieder da!

Genormtes Leben,
geregeltes Wort,
noch ein paar Spinner müssen fort,
dann gibt es Raketen
von der Memel bis zur Maas,
wie finden Sie das?
Wie finden Sie das?
Schon dröhnt's von Süd zum Norden her:
Wir brauchen eine Bürgerwehr
zum Schutz von Kern und Kraft und Frau!
Schafft Männer her mit starkem Bau!

Genormtes Leben,
geregelte Welt,
wir haben das alles selbst bestellt.
Bald heißen wir nur noch Eins oder Zwei
mit Nullen dabei,
mit Nullen dabei.

Schon stockt mir der Atem,
ich kann kaum noch schrein:
Da muß doch noch irgendwo Leben sein,
so zwischen Verrat und Bestechung, ganz klein,
muß doch Leben sein?

Geregelte Männer,
geregeltes Wort,
geregeltes Leben,
geregelte Welt.
Ach, rettet die Welt,
ach, rettet die Welt,
bevor sie geregelt zusammenfällt!

INWENDIG WARM
(1984)

Einen braucht der Mensch zum Treten
Anneliese
Morgn samma dod
Renn lieber, renn
Mei, was is bloß aus mir wordn
Anna
Inwendig warm
So bleibt vieles ungeschrieben
Fast ein Held
Was passierte in den Jahren

Einen braucht der Mensch zum Treten

Wohin soll der Mensch sich wenden,
wenn er mal auf hundertachtzig ist?
Soll er seine Haut verpfänden,
oder wird er besser Terrorist?

Nein, es gibt ein ganz probates Mittel,
um den Alltagsfrust zu überstehn.
Dazu braucht man keinen Doktortitel,
man löst mit einem Türken das Problem.

Einen braucht der Mensch zum Treten,
einen hat er immer, der ihn tritt.
Zwischendurch verbringt er seine Zeit mit Beten,
und ansonsten läuft er irgendwo mit.

Wohin soll der Mensch sich wenden,
wenn er hilflos ist und nicht mehr weiter kann?
Soll er seine Haut verpfänden,
klopft er besser beim Herrn Pfarrer an?
Nein, es gibt ein ganz probates Mittel,
damit löst man diesen Fall geschwind.
Dazu braucht man keinen Chefarztkittel,
man schafft sich eine Frau an und ein Kind.

Einen braucht der Mensch zum Treten,
einen hat er immer, der ihn tritt.
Zwischendurch verbringt er seine Zeit mit Beten,
und ansonsten läuft er irgendwo mit.

Wohin soll der Mensch sich wenden,
wenn er mal ganz oben ist?
Soll er alles an die Wohlfahrt spenden,
oder wird er besser offiziell Faschist?
Nein, es gibt ein seriösres Mittel,
um nicht ganz allein zugrund zu gehn.
Dazu nützt auch mal ein Doktortitel,
man löst mit einem Endsieg das Problem.

Einen braucht der Mensch zum Treten,
und statt daß er sich mal selber tritt,
zieht er lieber – wenn auch ungebeten –
alle anderen in seinen Abgrund mit.

Einen braucht der Mensch nun mal zum Treten,
und statt daß er sich mal selber tritt,
zieht er lieber noch mit Pauken und Trompeten
alle anderen in seinen Abgrund mit.

Anneliese

Annelies, wir fahren heut ins Blaue,
sehn uns noch einmal Menschen an,
denn wenn ich das richtig überschaue,
sieht man Menschen nicht mehr lang.

Dürre, fette, häßliche und schöne,
ganz egal, präg sie dir alle ein,
auch gemeine und auch unbequeme,
jeder kann schon bald der letzte sein.

Angesichts der drohenden Verknappung
wolln wir mal zu allen freundlich sein.
Könnte sein, bei unserer Bestattung
wärn wir plötzlich ganz allein.

Alle schneiden sich die Welt in Scheiben,
und dann ist bald nichts mehr an ihr dran.
Wir wolln heute mal bescheiden bleiben,
sehn sie uns noch mal im ganzen an.

Annelies, wir fahren heut ins Blaue,
schaun uns noch einmal Menschen an,
denn wenn ich das richtig überschaue,
sieht man Menschen nicht mehr lang.

Morgn samma dod

Muaßt a wengal näher rucka,
muaßt mi scho no festa drucka,
morgn, da samma dod.

Ham ned sovui Zeit zum Liang,
solltn uns scho heid no kriang,
wei – morgn, da samma dod.

Mei, des werd a Nacht wern heit,
d'Welt werd brenna, und die Leit
lassn si ned los.
Na – mia ham koa Zeit zum Liang,
we heid foid, werd ewig fliang,
morgn, da samma dod.

Könna sovui Spaß no ham,
Hauptsach is, mia rucka zamm,
morgn, da samma dod.

A wenns scho die Messa wetzn,
laß ma uns nix obaschwätzn,
morgn, da samma dod.

Mei, des werd a Nacht wern heit,
d'Welt werd brenna, und die Leit
lassn si ned los.
Na – mia ham koa Zei zum Liang,
wer heid foid, werd ewig fliang,
morgn, da samma dod.

So a Stund kann ewig währn,
wenn ma immer mehra werdn,
morgn, da samma dod.

So soits immer gwesn sei.
Hoit mi fest und laß mi frei –
morgn, da samma dod.

Mei, des werd a Nacht wern heit,
d'Welt werd brenna, und die Leit
lassn si ned los.
Na – mia ham koa Zeit zum Liang,
wer heid foid, werd ewig fliang,
morgn, da samma dod.

Renn lieber, renn

Er war scho von Haus aus
eher verdächtig,
so gar ned a Mannsbild,
bescheiden, bedächtig.

Vom Bund habnsn hoamgschickt,
beim Bund brauchas Männer,
die männlich auf andre
schiaßn könna.

Meist hockt a dahoam
und traut si ned raus.
Wenn a is, wer a is,
dann lachansn aus.

Hinter so viele Masken
verliert ma sei Gsicht.
Erst grobt er si ei,
dann scheut er as Licht.

Und Jahr für Jahr
sieht er weniger weiter.
Was werdn bloß die Leit
in dem Land ned gscheiter.
Und wenns oan endlich
von der Schuld befrein –
wer nicht allgemein ist,
bleibt immer gemein.

Und manchmal, da möcht ers
in d'Welt rausschrein,
seine Angst, sein Verlangen,
sein Anderssein.
Und er spürt, wie er langsam
die Seele verliert,
denn die Liebe ist immer
für die andern reserviert.

Renn lieber, renn,
du bist ned normal,
es habn immer die andern
die bessre Moral.

Solang die Welt so männlich ist,
fürs Leben unempfänglich ist,
renn, renn, renn!

Wenn bloß ned die Nacht war,
der Tag ziagt vorbei,
doch die Nacht dauert ewig,
die laßtn ned frei.

Wo soll er bloß hi
mit all seiner Lust?
Die staut si im Herzn,
zerfrißt eam die Brust.

Des schneidt oam die Luft ab,
des ewige Liagn,
da bleibt ma stecka,
da verlernt ma as Fliagn.

Boid glaubt as no selber,
daß er krank und schlecht ist,
weil die Engstirnigkeit
nach wie vor im Recht ist.

Und Jahr für Jahr
sieht er weniger weiter.
Was werdn bloß die Leit
in dem Land ned gscheiter.
Und wenns oan endlich
von der Schuld befrein –
wer nicht allgemein ist,
bleibt immer gemein.

Und sovui möchtns
in d'Welt rausschrein,
ihre Angst, ihr Verlangen,
ihr Anderssein.
Scho sammeln se si,
manche hört ma scho plärrn,
die wolln nimma warten,
die wolln si wehrn.

Schrein miaß ma, schrein,
was hoaßt do normal?
Pfeif ma mitanander
auf d'bessre Moral.

Solang die Welt so männlich ist,
für Liebe unempfänglich ist,
schrein miaß ma, schrein!

Mei, was is bloß aus mir wordn

Schaugn o, den Affn, wiaras oschaugt. Klugscheißer. I möcht gar ned wissn, was er ihr da verzählt. Er schaugt ja ganz guat aus. Sagt man. Figürlich gibt er natürlich nicht viel her. Viel zu schmal um die Schultern. Na ja, a paar Gramm weniger hat er schon wia i. Aber so mager ist ja auch nicht mehr schön. Und wiara sich aufplustert. Und des gfallt ihr a no. Mei omei – des hab i jetzt von meiner Gewaltlosigkeit. Früher, früher da hätt i mi aufgführt, da hätti as Plärrn ogfanga, da, da war i umanandaghupft wiara Irra. Ich hätts rauslassn. Aber nein, ich weiß ganz genau, was ich jetzt tu. Ich geh wie zufällig vorbei, streichle meiner Frau über die Wange und flöte: »Amüsierst du dich gut, Mausi?«

Mei, was is bloß aus mir wordn,
früher war i so lebendig,
weil, da bin i oiwei gstorbn,
und jetzt leb i so beständig.

Mei arme Frau. Neulich hats ihrer Freundin verzählt: »Jetzt hab ich so einen energetischen Mann geheiratet. Alle schwärmen sie von seiner Leidenschaft. Wennsn ned näher kenna. Weil eigentlich is er bloß dauernd miad.« Is ja wahr. Richtig brav bin i wordn. Nick freundlich nach rechts und links, lach brav, wenns sein muß, engagiere mich fürs Richtige und probe die Sanftmut. Dabei hab i mi immer scho aufgeregt über die, die wo scho Gandhi sei wolln, kurz bevors no aus die Windeln rausschaun könna. Ich glaub, ich spiel mir jemand vor, der ich sein möcht, weil ich mich gern so sehn würd. Das fördert das Ansehen, aber das Leben bleibt dabei auf der Streckn.

Bevor i mi a Frau in d'Arm nehma trau, überleg ich mir zuerst a halbe Stund lang, inwieweit ich sie unterdrücke, wenn ich mich mal auf sie lege. Na ja, meistens lauft dann eh nix mehr, und ich kann mich mit ruhigem Gewissen davonschleichen. Es ist ja wichtig, daß ma dauernd über sich nachdenkt, aber wenn am dabei die ganze Lust an der Freud verloren geht – i woaß ned – manchmal, manchmal, manchmal möcht i...

Mei, was is bloß aus mir wordn,
früher war i so lebendig,
weil, da bin i oiwei gstorbn,
und jetzt leb i so beständig.

A jeder Eishockeyspieler kriagt sei Auszeit, wenn er erschöpft ist. Oder wenn er an Fehler gmacht hat. Die braucht er. Da hoit er Kraft. I glaub, i brauch jetzt a mal a Auszeit von mir selber. Vom Gutsein. Vom Stimmigsein. Wieder raus auf d'Straßn. Raus auf d'Straßn, rein in die Schluchtn und ois eireißn. Und wenns nur im Hirn is: schändn, brandschatzn, raubn, spielen, leben, lieben, des is ois im Schädl drin, und da muaß des a wieder raus. I möcht mi wieder kranklacha könna über mi selber, i möcht nicht mehr richtig sein, eine Zeitlang nicht mehr funktionieren.

Und alle die Zeigefinger, die, die immer vui besser wissn, wia i sei soit, was i doa soit, die solln ma an Buckel obarutschn. Obs von obn komma oder von untn, von vorn oder von hintn, obs Politiker san oder Wanderprediger san, Anzüg oham oder Pumphosn, langhaarig oder kurzhaarig, picklig, glattrasiert oder unrasiert: I suach ma mein Platz in dera Welt wieder selba aus – ihr könnts as Leben eigsperrt ham in Karteikästen, Parteiprogramme, Paragraphen oder Heilslehren – i laß es wieder raus.

I werd mitten in d'Sonna neihupfn,
a wenn i verbrenn.
Hauptsach: I brenn.

Anna

Wenn mia die andern
von ihrer Oidn verzähln,
dann muaß i lacha.

A jeder jammert,
a jeder schimpft,
a jeder klagt.

Der oana deaf ned
so, wiara wui,
da andre wui ned –
so kummts, daß koana
si mitm andern
richtig vertragt.

Aber bei mir is des ganz anders –
i hab a Oide,
die laßt mi macha, wiari wui,
die laßt mi sei.

Ich bin mit ihr schon viele Jahre
verbandelt,
und i versprichs, mir foit koa andere,
koa bessere net ei.

Des is die Anna, ja die Anna, die Anarchie.
Bei meiner Seel – die bleibt bei dir,
bscheißt dich nie.
Des is die Anna, Anna, Anna, die Anarchie,
das ist für mich die allerschönste Melodie.

Und wer mei Oide
so mag wiari,
der sois hoit packa.

Ihr Herz is groß,
ihr Herz is weit –
wer wui, der ko.

Ob Mann, ob Frau,
a jeder derf sich
zu ihr flacka,
und wenns a Liab habts,
warts ned, warts ned –
gehts as o.

Des is die Anna, ja die Anna, die Anarchie.
Bei meiner Seel – die bleibt bei dir,
bscheißt dich nie.
Des is die Anna, Anna, Anna, die Anarchie,
das ist für mich die allerschönste Melodie.

Inwendig warm

Renn ned scho wieder vorbei,
drah di um!
Das Lebn is zwar hart,
aber manchmal kriagn mas scho rum.
Die Welt mauerns zua,
und scho wachsen die Wänd zwischen uns.
Kriag ned a no a stoanas Herz,
und erfüll uns an Wunsch!

Laß di foin in irgendan Arm,
und mach d'Arm auf, wenn irgendwer foid.
So halt ma uns inwendig warm,
denn da draußn, da is oft so koid.

Die Engel tragn Schwarz,
und der Herrgott resigniert,
boid is uns as Türl zum Himmel
verbarrikadiert.
Die Bleamen, die Viecherl,
die rucka schon ganz eng zamm,
nur mir wolln a jeder für sich
sei Seligkeit habn.

Laß di foin in irgendan Arm,
und mach d'Arm auf, wenn irgendwer foid.
So halt ma uns inwendig warm,
denn da draußn, da is oft so koid.

So bleibt vieles ungeschrieben

Zwar: Da ist viel Ungereimtes,
und ich fand noch keine Normen,
meine Lieder und mein Leben
nach gemäßem Maß zu formen.

Viel zuviel kam mir dazwischen.
Wenn ich glaubte, ich sei richtig,
war mir eben neben einem
immer auch das andre wichtig.

Meistens renn ich meinem Denken
viel zu lange hinterher,
und kaum bin ich ausgewogen,
ist mir mein Gewicht zu schwer.

Aber eines ist geblieben,
daß ich schreibe, was ich meine,
und so teil ich mich, ihr Lieben,
und bleib immerfort der eine.

Und so zieht's mich, und so treib ich,
renn davon und halte ein,
um mal zögernd und mal stürmisch,
immer aber Fluß zu sein.

Vieles, was ich von mir dachte,
war ich sicherlich noch nie,
und für vieles, was ich bin,
fehlt mir noch die Phantasie.

Meistens will ich auch nicht sehen,
was an Höllen in mir ist,
und verteile auf die andern
als Gerechter meinen Mist.

Aber eines ist geblieben,
daß ich schreibe, was ich meine,
und so teil ich mich, ihr Lieben,
und bleib immerfort der eine.

Und mag sein, das dauert an,
dieses Schwanken, dieses Flehn,
bleibt die Hoffnung, ich werd weiter
auch im Fallen zu mir stehn.

Und statt irgendwann mal nahtlos,
doch gelangweilt aufzugeben,
will ich lieber unvollendet,
doch dafür unendlich leben.

Und auch jetzt schon, voll von Wein,
bin ich hin und her gerissen,
schreib ich, weil ich's besser weiß
oder wider bessres Wissen.

So bleibt vieles ungeschrieben,
doch das ist's ja, was ich meine,
denn ich teile mich, ihr Lieben,
und bleib immerfort der eine.
Ja, ich teile mich, ihr Lieben,
und bleib immerfort der eine.

Fast ein Held

Klar bin ich tapfer, fast ein Held,
und mach mein Maul auf, wo ich kann,
kassiere dafür Ruhm und Geld
und klage an.

Es ist auch wichtig aufzuschrein.
Zu viele wolln nichts hören.
Nur, würd ich mich in jedem Fall
genauso laut beschweren?

Zum Beispiel Chile, wo ein Satz
oft schon das Leben kostet.
Wär das Metall in meinem Sang
nicht längst vor Angst verrostet?

Ob Chile, ob El Salvador,
bei uns kann's ähnlich werden.
Vielleicht hätt ich dann plötzlich Angst,
zu jung zu sterben.

Hätt ich zu meines Vaters Zeit
dasselbe Lied geschrieben?
Manchmal beschleicht mich das Gefühl,
ich wär sehr stumm geblieben.

Was bleibt, ist, diese kleine Glut
des Widerstands zu wahren.
Vielleicht muß sie mal Feuer sein
in ein paar Jahren.

Was passierte in den Jahren

Wie du doch das Treiben satt hast!
Immer wirft dich diese Flut
an ein unbekanntes Ufer,
und dir fehlt schon lang der Mut,
neuen Küsten zu begegnen.
Du bist müde, gräbst dich ein
und beschließt für alle Zeiten,
nie mehr heimatlos zu sein.
Und das nennt sich dann erwachsen
oder einfach Realist.
Viele Worte, zu umschreiben,
daß man feig geworden ist.

Was passierte in den Jahren,
wohin hast du sie verschenkt?
Meistens hast du doch am Tresen
das Geschick der Welt gelenkt.
Und die fiel nicht aus den Angeln,
höchstens du fielst manchmal um,
und für die, die du bekämpft hast,
machst du jetzt den Buckel krumm.

Auch du wolltest wie die andern
fest in einem Weltbild stehn.
Statt die Ängste zu durchwandern,
übst du, sie zu übersehn.
Manchmal jagst du für Sekunden
deinen Zweifeln hinterher,
doch aus Sorge um die Wunden
bleibst du lieber ungefähr.

Und dann triffst du noch die Kämpfer
aus der guten alten Zeit,
fesche Jungs mit drallen Frauen,
und ihr lächelt alle breit.

Was passierte in den Jahren,
wohin hast du sie verschenkt?
Meistens hast du doch am Tresen
das Geschick der Welt gelenkt.
Und die fiel nicht aus den Angeln,
höchstens du fielst manchmal um,
und für die, die du bekämpft hast,
machst du jetzt den Buckel krumm.

Und ich frag mich, ob ich wirklich
so viel anders bin als du.
Zwar, ich kleide meine Zweifel
in Gedichte ab und zu,
das verschafft paar ruhige Stunden,
eigentlich ist nichts geschehn.
Ach, es gibt so viele Schliche,
um sich selbst zu hintergehn.
Doch da muß jetzt was passieren,
zuviel Zeit ist schon verschenkt,
und es wird von den Erstarrten
das Geschick der Welt gelenkt.
Und die fällt bald aus den Angeln.
Komm, wir gehen mit der Flut
und verwandeln mit den Wellen
unsre Angst in neuen Mut.

WIEDER DAHOAM
(1986)

Wieder dahoam
Laß mi wieder falln
Oma
Weil du fort bist
Bayernpower
Der Baum
Fangt mi wirklich koaner auf
San koane Geign da?

Wieder dahoam

Jetzt hab i dacht, i warat endlich gscheiter,
im Süden unterm Mandelbaum.
Meditativ gesehn bringt oan des weiter,
der oide Blues jedoch, der legt si kaum.

Der war dabei, wenn i die Koffer packt hab,
der trinkt mei Bier, der spuit für mi Klavier.
Der war der Grund, warum i Hoamweh ghabt hab.
Den kriagst ned los, den Blues, der bleibt bei dir.

Jetzt ziag i mir des Stadtlebn wieder nei,
des neie Lüfterl spür i a, des koide,
drum misch i wieder mit und misch mi ei –
a bisserl gwamperter vielleicht, doch sonst der Oide.

Wieder dahoam
in meiner Melodie,
da bin i geborn,
und da ghör i hie.

As Stadtlebn hams ganz schön kastriert,
die Nutten hams mitm Besen aussakehrt.
Im Separee wird bloß noch diskutiert,
weil sich des andere auch im Separee ned ghört.

Zum Glück kann man in d'Isarauen eilen,
die san ja eh des schönste Separee.
In diesen Gauen darf man liebend weilen –
im Sommer und, wenns sein muß, auch im Schnee.

’s Armeemuseum werd jetz a Palazzo,
natürlich amoi wieder ned für d’Leit.
Da baut sich unser ewiger Ragazzo
a Mausoleum für d’Unendlichkeit.

Wieder dahoam
in meiner Melodie,
da bin i geborn,
und da ghör i hie.

Na ja, es gabat vui zum Klagen.
Doch wenn i wieder an Chinaturm anpeil,
am besten in den ersten Frühlingstagen,
dann werd i auf mei München wieder geil.

Im Sommer lieg i wieder bei de Nackerten.
Die greane Isar is scho ganz schön grau.
Die Bullen, die alle liaber bei uns flackatn,
nehmans mitm Aufschreibn a ned so genau.

Sogar die Wiesn is mir no ned zwider,
da halt i mir jeds Jahr a paar Tag frei.
Da triff i hoid die oidn Freindl wieder –
natürlich Augustiner: Schänke 2.

Wieder dahoam
in meiner Melodie,
da bin i geborn,
und da ghör i hie.

Laß mi wieder falln

Manchmal packts mi einfach wieder,
dann kumm i ned an mir vorbei,
denn zu lange brav und bieder,
kann auf die Dauer lästig sei.
Und dann zünd i mir die Nacht o,
und da Deifi in mir lacht scho.

I renn rum wia a Vergifter,
mach meim Blues a Melodie –
je versauter, je versiffter,
umso satter spür i mi.
Vielleicht kriagt mi dann as Elend:
Hauptsach, daß mi irgendwas brennt.

Laß mi wieder falln,
laß mi wieder treibn,
woaß da Deifi wohi.
Erst von ganz da unten
konn i wieder richtig steign,
und dann kriag i mi,
und dann fliag i dahi.

Und dann wissen wieder alle
alles besser wia i.
Moana immer nur sich selber,
doch mitm Finger zoagns auf mi.
Koaner laßt si neischaugn,
manchmal kanntst as neihaun,
und i spür jetzt mehr und mehrer,
was bei uns im argen ist:

A jeder Deutsche is a Lehrer
und a Freizeitpolizist,
alle sands so sauber,
und fürn Blues werdns immer tauber.

Laß mi wieder falln,
laß mi wieder treibn,
woaß da Deifi wohi.
Erst von ganz da unten
konn i wieder richtig steign,
und dann kriag i mi,
und dann fliag i dahi.

Oma

Oma kumm, mir müaßn geh, 's werd abbaut.
Hast a wirklich nix mehr steh, hast nachgschaugt?
Muaßt versteh, die neien Mieter warten,
und die ham scho lang die bessern Karten.

Oma, sag mir liaber, sag mir, was i macha ko.
Mach jetzt gschwind, die Möbelpacker lacha scho.
Oide Leit san heitzutag blamabel,
und wia oide Häuser unrentabel.

Oma, ja, i woaß, da hast dei Lebn verbracht.
Da herin hat di mei Muatter scho zur Oma gmacht.
In dem Bett da, woaßt as, is da Opa gstorbn –
siebzig Winter san mit dir da drin zum Frühling wordn.

Oma, hat koan Sinn, wenn ma si gegan Fortschritt wehrt.
Wer koa Geld hat, is heut bloß die Hälften wert.
Immerhin, die neie Wohnung is am Stadtrand draußt,
und i führ dir jeden Tag dein Wasti aus,
i versprichs.

Oma, bittschön ja, i hab ja a a Wuat
und muaß zuagebn, i versteh di guat,
und am liabsten dad i mit dir sitzenbleibn
und dös ganze Gschwerl aus unserm Haus vertreibn.

Aber irgendwie kriagn die uns immer wieder raus.
Die ham an längern Atem, ja, ja die haltn länger aus.
Liaber samma stolz, geh weiter, pack dei Glump –
wenn i ihn triff, an Hauswirt, speib i ihn o, den Lump,
I versprichs.

Wehr di, Oma, wehr di, laß di außatragn,
dene sollt ma doch koa Schand ersparn.
Und i glaub, an seine Schmerzen tragn,
is am End no besser wia koa Herz mehr habn.
I versprichs.

Weil du fort bist

I wuis no ned glaubn, daß du fort bist,
ja des wui in mein Schädel einfach ned nei –
du warst doch mei zwoate Hälftn,
und i ko doch ned hoibat sei.

Du wolltst immer an Himmel erobern,
doch im Himmel is a ned so leicht.
Mir jedenfalls, mir hätt der Himmel
mit dir auf Erden scho greicht.

As Lebn war mit dir koa Vergnügen,
und i hob ma oft gwunschen, mit uns wars vorbei.
Und jetzt müaßad i eigentlich frei sei
und kumm doch von dir nimmer frei.

Du wolltst immer an Himmel erobern,
doch im Himmel is a ned so leicht.
Mir jedenfalls, mir hätt der Himmel
mit dir auf Erden scho greicht.

Bayernpower

Mir san die Freistaatbuam,
und mir san mir.
Mir ham die Bayernpower
und de ned wia.

Mir ham an Hillermeier
und die Uschi Glas,
mir ham an Wecker und die Gloria –
ja des is doch was.

Unser TV-Chef
paßt aufn Hildebrandt auf,
und auf die Schwarzen Sheriffs
paßt koaner auf.

Mir ham a saubers Bier
und die CSU.
Des ois ham mir,
und jetzt kimmst du.

Mir san aufrechte Männer,
und mir deama, was ma könna,
für die Sicherheit.

Mir stehn ständig unter Strom,
und den brauch ma vom Atom,
jederzeit.

Bei uns wird konsumiert
und scho gar ned demonstriert.
Kapiert?

Mir ham an UKW
und an Bayern 3,
mir ham a AKW
und an Ohu 2.

Mir ham an Kabelkanal,
an Rhein-Main-Donau-Kanal,
mir spritzn Wasser und Gas –
ja des is doch was.

Mir ham in Wackersdorf
a WAA,
an Stoiber und an Tandler,
an Franz Joseph ham ma a.

Mir ham a MBB
und an MTU,
die baun unsre Waffen –
und was baust du?

Mir san aufrechte Männer,
und mir deama, was ma könna,
für die Sicherheit.

Mir stehn ständig unter Strom,
und den brauch ma vom Atom,
jederzeit.

Wem des ned paßt, der soll si schleicha.
Gell, des merkts euch, Österreicher!

Bayern muaß sauber bleibn,
waschecht und bügelfein,
original.

Bayern, du hehrer Hort,
bleibe uns immerfort
christlich-sozial.

Der Baum

Warum muaß a grad i in der vordersten Reih stehn? Hintn möcht i stehn, ganz weit hintn, so weit hintn, daß mi koaner sicht, mittendrin im Wald. Jetzt muaß i mir des ois mit oschaugn aus nächster Näh. Unbeweglich schaugns aus, und trotzdem schiabn sie sich unaufhaltsam vor mit ihre Schilder und Knüppeln, Traktoren und Kreissägen. - Manchmal werdns a bisserl aufghoitn von a paar, aber des san ja vui zwenig, und die in ihre Uniformen, die werdn immer mehrer. Wo's die bloß oiwei auftreibn? Na ja, ma hat ja scho immer Armeen ankarren müassen, wenn ma was verteidigen wollt, an des ma selber scho gar nimmer glauben ko.

I möcht Füaß ham zum Renna,
an Mund ham zum Schrein,
ned festgwurzelt sei,
i möcht mi befrein.
Ja, i war gern a Feuer,
a Brandung, a Sturm
und koa verseuchter, baumhoher Wurm.

Früher war i immer gern a Riese gwesen im brasilianischen Urwald – und ned a so a mickrige deutsche Eiche. Aber heitztog holzns ja an Urwald auch schon ab. Für McDonald's zum Beispiel. Jeden Tag, Länder größer wia Bayern, für die Rindviecher, die wo dann von die andern Rindviecher zsammgfressn werdn. Ja und uns, uns hauns ja a bloß wega dena Rindviecher zsamm – und zwar wega dene, die wo si des ois ausdenkt habn. Ja, ja, i woaß scho, wir Bäume, wir kenna ja ned denka – aber bei eich is des a ned so gwiß, glaub i immer.

I möcht Füaß ham zum Renna,
an Mund ham zum Schrein,
ned festgwurzelt sei,
i möcht mi befrein.
Ja, i war gern a Feuer,
a Brandung, a Sturm
und koa verseuchter, baumhoher Wurm.

I hab Angst. Lang lassn si de nimma aufhoitn, und da werds hoid mi jetzt boid als oan vo de erstn dawischn. Angeblich spüren wir ja nichts, wir Felsn, wir Viecher, wir Bleamen, wir Bäum - angeblich habn wir kein Gefühl. Und wie wir spüren und denken, lieben und fluchen – ja hörts ihr uns denn ned schrein, den liabn langa Tag, hörts ihr uns alle mitanander ned schrein, landauf, landab, alle, die noch am Lebn sind, das is ein Wehklagen, das ist ein Jammern – ihr hörts uns bloß nimmer, weils koaner mehr aushoitn dad. I hab Angst. Jetzt tragns die ersten weg. Die wehrn si gar ned. Jetzt tretn ses und knüppeln ses - und die wehrn si immer no ned. Bleibts mir bloß vom Leib, ich hab eich doch nix getan, wir ham eich alle mitanander doch no nia wos doa, und dabei kanntn wir doch so guat auskumma mitanand, des konn doch ned so schwer sei, wir ghörn doch alle zsamm, wir san doch alle vom selben Schlag.

I möcht Füaß ham zum Aufrechtgehn
und an Mund ham zum Plärrn.
I möcht festgwurzelt bleibn
und mich trotzdem wehrn.
Ja, i war gern a Feuer,
a Brandung, a Sturm
und koa verseuchter, baumhoher Wurm.

Fangt mi wirklich koaner auf

I lieg am Ruckn, schaug in d'Sonna,
die Wolkn ziagn da draußd vorbei.
Wahrscheinlich is scho wieder Sommer –
mir is des alles einerlei.

I geh im Kreis, was soll i macha.
I krei mi in mei Bettzeug nei.
I werd verruckt, wenn d'andern lacha,
denn die san frei.

Lauter Gitter vor die Augn,
die Welt mit Nebelschwadn verklebt.
Es gibt ja eh ned vui zum Schaugn,
wenn ma sei Lebn im Käfig lebt.

Manchmal kommt wia nebenbei
a oider Gruch von draußen o:
Des muaß as Lebn gwesen sei,
a Ahnung hat ma no davo.

Fangt mi wirklich koaner auf,
hat denn koaner mehr a Herz frei?
Bloß a Lächeln, bloß a Wort,
braucht a bloß a liaber Blick sei.
Fangt mi wirklich koaner auf?

I war a Adler, wißts es no,
und mir war klar: Nix bringt mi um.
Und jetzat kriach i, schaugts mi o,
am Boden ohne Flügel rum.

Manchmal foid a Fetzen Himmel
durch die Gitter in mei Herz,
und dann reit i auf am Schimmel
für Sekunden himmelwärts.

Fangt mi wirklich koaner auf,
hat denn koaner mehr a Herz frei?
Bloß a Lächeln, bloß a Wort,
braucht a bloß a liaber Blick sei.
Fangt mi wirklich koaner auf?

San koane Geign da?

San koane Geign da?
Koa Cello schluchzt, koa Bratschn woant.
Wo bleibt der Kinderchor,
wo bleibt denn die Musik?

Des soll die Liebe sein,
ganz ohne Feuerwerk –
wo san die Geign hin?

San koane Geign da?
Koa Alpenglühn, koa Wildbach rauscht.
Des soll as Leben sei?
Wo bleibt die Phantasie?

I brauch koan Alkohol,
i brauch koan Rock'n'Roll,
i brauch mein Kitsch, jawohl!

JETZT EINE INSEL FINDEN
(1986)

Über die Zärtlichkeit

Über die Zärtlichkeit

Ich würde so gerne etwas Zärtliches
schreiben.
Kaum Fühlbares
etwas
das man gerade noch spüren kann.
Wie man den Blick eines lieben Menschen
auf der Haut spürt.
Dank
auch wenn er nur gedacht ist
auch wenn er nur ganz kurz
und im Vorübergehn gedacht ist.
Schlichtheit
(schlichte Menschen vergrößern einen Raum
wenn sie durch die Tür treten).
Kinder spürt man
auch die leisen Kinder
bei denen man immer das Gefühl hat
man müßte den Mund halten
denn sie wissen schon lange alles.
Herzlichkeit
vor allem Herzlichkeit
(ich kenne Menschen
die dich mit einer Selbstverständlichkeit
in ihre Herzen aufnehmen
daß dir schwindlig wird).
Von all dem würde ich so gerne
schreiben.

KONSTANTIN WECKER
(1986)

So ein saudummer Tag

So ein saudummer Tag

Heut ist wieder so ein Wetter,
da ich wieder gar nichts weiß,
bin ich Männchen oder Weibchen,
friert's mich, oder bin ich heiß.

Möcht die Arbeit sausen lassen,
draußen in den Wäldern leben,
nackend über den Stachus laufen
und dem Teufel Saures geben.

Die Luft schmeckt so nach Hustensaft,
die Leut schaun heut so dümmlich drein.
Ich dreh mich, beiß mich, zwick und kratz
und komm nicht aus dem Käfig raus.

So ein saudummer Tag,
ich weiß nicht recht, was ich mag,
und wenn ich's wüßt, ja könnt ich nicht
so, wie ich möcht.
So ein saudummer Tag,
sogar das Atmen eine Plag.
Ich hab fürs Leben heut kein Gefühl.

Schnell in die Kneipe, ein, zwei Biere,
bevor der Himmel runterbricht.
Plötzlich kommt ein Traum zur Tür rein,
mit Jeans und mit nem Engelsgesicht.

So ne Frau wie Zuckerwatte,
bei der man sich den Hals verrenkt.
Bei der der alte Himmel plötzlich
zwei, drei Meter höher hängt.

Doch die alten Wetterhexen
machen mich heut nicht mehr froh.
Als sie mich fragt: »Was ist denn - gehn wir?«
schau ich sie ganz verdattert an.

So ein saudummer Tag,
ich weiß nicht recht, was ich mag,
und wenn ich's wüßt, ja könnt ich nicht
so, wie ich möcht.
So ein saudummer Tag,
sogar das Atmen eine Plag.
Ich hab fürs Leben heut kein Gefühl.

LIVE IN AUSTRIA
(1987)

Image

Image

Hätten Sie nicht irgendein Image für mich,
irgendsowas, was man vor sich hertragen kann?
Ich schäm mich im Moment ganz fürchterlich –
den andern sieht man's auch auf den ersten Blick an,
daß sie sich ständig mit was Großem abgeben
und nicht, wie der Rest der Welt, im Kleingeist ersticken.
Schließlich erkennt man die, die richtig leben,
an der richtigen Kleidung und dem richtigen Blick.

Ach, wir sind doch alle so erzkatholisch,
egal, wie frei und links wir uns geben (links wir uns geben),
ständig wolln wir unser Gewissen beruhigen,
uns vor allem ins richtige Bett reinlegen (Bett reinlegen),
ständig wolln wir zeigen, wie sozial wir sind,
und wie edel, hilfreich und gut,
ständig wolln wir zeigen, wie mutig wir sind,
nur leider fehlt uns dazu ständig der Mut.

Hätten Sie vielleicht noch ein Abzeichen frei,
einen Trachtenjankerl oder'n Jutekleid,
irgendeine im Moment grade schicke Partei,
aber bitte: im Namen der Gerechtigkeit.
Vor allem aber muß es modern und liberal sein,
auch konservativ, nur es darf nicht banal sein,
dieses Mäntelchen, um das wir uns so drängen,
um es dann gemeinsam in den Wind zu hängen.

Ach, wir sind doch alle so erzkatholisch,
egal, wie frei und links wir uns geben (links wir uns geben),
ständig wolln wir unser Gewissen beruhigen,
uns vor allem ins richtige Bett reinlegen (Bett reinlegen),
ständig wolln wir zeigen, wie sozial wir sind,
und wie edel, hilfreich und gut –
ach, da lob ich mir die ungeschliffene, unausgegorene,
dreckige Wut!

GANZ SCHÖN WECKER
(1988)

Der Fachmann
Niemand kann die Liebe binden
Der Herr Richter
Drunt in der Au
Der Wald
Es weihnachtet sehr
Der Himmel brennt
Anna Blume
Zigeuner ohne Sippe

Der Fachmann

Haben Sie Probleme mit Kollegen,
oder ist Ihr Nachbar Kommunist?
Sollten Sie noch letzte Zweifel hegen,
wie Ihr Gegner auszuschalten ist?

Hindert Sie wer an der Karriere,
fürchten Sie berechtigte Kritik?
Stürmen Sie die letzte Barriere!
Lernen Sie doch aus der Politik:

Ihnen fehlt der Experte
für die genügende Härte,
der Mann fürs Grobe
mit der feinen Garderobe.

Wenn Sie selber zu weich sind
und dabei noch reich sind,
ja, dann brauchen Sie zum Siegen
einen Profi für Intrigen.

Ihnen fehlt der Fachmann,
der fängt für Sie jeden Krach an,
Ihnen fehlt der Experte
für die genügende Härte.

Ihnen fehlt der Fachmann,
der fängt für Sie jeden Krach an,
Ihnen fehlt der Experte
für die genügende, für die genügende Härte.

Regel Nummer eins: Sie bleiben cool.
Alles wird vom Fachmann inszeniert,
wenn es sein muß, ist Ihr Gegner schwul,
und wenn nötig, auch noch infiziert.

Würden Sie gern Grundgesetze brechen,
Steuern hinterziehen mit Geschick,
schmieren, spekulieren und bestechen?
Lernen Sie doch aus der Politik!

Ihnen fehlt der Experte
für die genügende Härte,
der Mann fürs Grobe
mit der feinen Garderobe.

Wenn Sie selber zu weich sind
und dabei noch reich sind,
ja, dann brauchen Sie zum Siegen
einen Profi für Intrigen.

Ihnen fehlt der Fachmann,
der fängt für Sie jeden Krach an,
Ihnen fehlt der Experte
für die genügende Härte.

Ihnen fehlt der Fachmann,
der fängt für Sie jeden Krach an,
Ihnen fehlt der Experte
für die genügende, für die genügende Härte.

Niemand kann die Liebe binden

Bin schon wieder wo gelandet,
wo ich gar nicht gerne bin,
von der letzten Nacht gestrandet,
große Sprüche – kleiner Sinn.

Wär jetzt lieber gern bei dir,
doch wir haben's ja probiert,
und jetzt steh ich hier und frier,
hab mich halbwegs arrangiert.

Es ist schwer, mit dir zu leben,
schwerer, ohne dich zu sein,
und ohne dich kann ich nicht leben,
und mit dir kann ich nicht sein.

Konnten uns halt nicht mehr halten,
doch ich riech noch deine Haut,
wenn wir aufeinander prallten,
war das meist zu derb und laut.

Wunderschön war das Versöhnen,
nur zu viel Zerrissensein.
Würde dich jetzt gern verwöhnen,
laß es bleiben – bleib allein.

Es ist schwer, mit dir zu leben,
schwerer, ohne dich zu sein,
und ohne dich kann ich nicht leben,
und mit dir kann ich nicht sein.

Niemand kann die Liebe binden,
sie gefällt sich selbst zu gut.
Müßten uns halt nochmals finden,
aber dazu fehlt der Mut.

Würd dich jetzt so gern umfangen,
wär gern ganz tief in dir drin.
Zwischen Wissen und Verlangen
will ich weg – und zu dir hin.

Es ist schwer, mit dir zu leben,
schwerer, ohne dich zu sein,
und ohne dich kann ich nicht leben,
und mit dir kann ich nicht sein.

Es ist schwer, mit dir zu leben,
schwerer, ohne dich zu sein,
und ohne dich kann ich nicht leben,
und mit dir kann ich, mit dir kann ich nicht sein.

Der Herr Richter

Was macht der Herr Richter, wenn er Feierabend hat?
Hat er dann das Gerechtsein erstmal satt,
wird er dann eventuell mal banal
und sucht den richtigen Fernsehkanal?

Berichtet er seiner Frau, daß er statt zu richten
nur seinen Kragen gerichtet hat?
Oder hat er was, was er niemandem nennt,
und freut sich tierisch aufs Wochenend?

Denn am Sonntag, am Spielplatz, um dreiviertel zehn,
da läßt der Herr Richter sein Schwänzlein sehn.
Er braucht halt nun mal das Klein-Mädchen-Geschrei
als Ausgleich für seine Rechthaberei.

Ich glaube, das nimmt einen ganz schön mit,
wenn man täglich Sitte und Anstand vertritt.
Und hat nicht Angst vorm Jüngsten Gericht,
wer im Namen des Herrn dauernd Urteile spricht?

Ja, da kann's schon mal sein,
daß einem ganz schön schlecht ist,
wenn man tagsüber hauptberuflich im Recht ist.
Aber wenn's in der Seele so richtig brennt,
dann denkt der Herr Richter ans Wochenend:

Denn am Sonntag, am Spielplatz, um dreiviertel zehn,
da läßt der Richter sein hm... hm... sehn.
Ach hätt er das alles nur früher getrieben,
dann wär uns ein Richter erspart geblieben.

Drunt in der Au

Heit laß i's kracha,
heit oda nia,
heit laß i d'Sau raus,
frag mi net wia.
I hab an Gusto
nach Schwefeldampf,
mi foit die Lust o,
das ist mein Kampf.

Der oide Birnbaum in seinem Blau
regt mich schon lang auf, drunt in der Au.

Drunt in der greana Au brennt a Birnbaum, schee blau,
drunt in der greana Au brennt a Birnbaum, schee blau,
drunt in der greana Au brennt a Birnbaum, schee blau,
drunt in der greana Au brennt a Birnbaum,
brennt a Birnbaum, brennt a Birnbaum, schee blau.

Schee, wenns so lodert
und d'Funken fliagn,
bevors vermodert
weards Zunder kriagn.

Wir brauchen Pisten!
Wer braucht Natur?
Idealisten,
laßts mir mei Rua.

Die oidn Wälder halten nichts aus,
was oid und krank ist, rotten wir aus!

Drunt in der greana Au brennt a Bergwald, schee blau,
drunt in der greana Au brennt a Bergwald, schee blau,
drunt in der greana Au brennt a Bergwald, schee blau,
drunt in der greana Au brennt a Bergwald,
brennt a Bergwald, brennt a Bergwald, schee blau.

Während ich kure (kure)
am Brennerpaß (am Brennerpaß),
löst sich die Mure (die Mure).
Ist das ein Spaß! (Ist das ein Spaß!)

Ich schau ihr nach (er schaut ihr nach),
und was ich seh (und was er sieht),
erfreut mein Herz (erfreut sein Herz):
ein AKW! (ein AKW?)

Doch leider, ach, mir kommt fast vor,
's gibt nix zum Zündeln, des brennt alloa.

Draußt in dem Himmelsblau...
du, die Erde, ja schau!
Draußt in dem Himmelsblau...
du, die Erde, ganz blau!
Draußt in dem Himmelsblau...
brennt die Erde, genau!
Draußt in dem Himmelsblau...
brennt die Welt – SUPERGAU!
Draußt in dem Himmelsblau...
brennt die Erde, genau!
Draußt in dem Himmelsblau...

Der Wald

Der Wald, der ist so verseucht,
der Wald, der ist so verseucht,
der Wald, der ist so verseucht,

(der Wald).

Der Mensch, der ist so verseucht,
der Mensch, der ist so verseucht,
der Mensch, der ist so verseucht,

(der Wald, der Mensch).

Der Mensch, der seucht in den Wald,
der Mensch, der seucht in den Wald,
der Mensch, der seucht in den Wald.

Der Wald, der Mensch, die Seuch!

Es weihnachtet sehr

Es ist wieder soweit, es weihnachtet sehr.
Die Dekorateure arbeiten schwer,
und große Kinderaugen gaffen
verzückt auf die neuesten Spielzeugwaffen.

Die Stadt ist belagert von Weihnachtsmännern,
vorsorglich gereinigt von Punkern und Pennern,
im letzten Waschgang weichgespült,
daß auch jeder die Reinheit der Liebe erfühlt.

Und weiche Flocken aus künstlichem Schnee
umsäuseln verträumt dein Portemonnaie.

Und draußen, wo wirklich die Kälte wohnt,
wo sich das Christkindgesäusel nicht lohnt,
drunten in den Asylen und Heimen
beginnt wieder das alljährliche Schleimen.

Ja, da warten sie dann, die Alten und Armen,
auf das behördliche Weihnachtserbarmen.
Und obwohl sie eigentlich gar nichts mehr glauben,
haben sie immer noch leuchtende Augen.

Und weiße, gepflegte Politikerhände
beschwören betörend das baldige Ende
einer Not, die schon lang nicht mehr nötig ist,
doch die beim Fortgehn schon wieder jeder vergißt.

Und wie nebenbei wird dann noch angetragen,
am Wahltag das richtige Kreuzchen zu schlagen,
damit die wirklich großen Weihnachtsgaben
bei denen bleiben, die sie immer schon haben.

Und eisige Flocken aus rußigem Schnee
brennen weiter Löcher ins Portemonnaie.

Und sie warten und warten, die Alten und Armen,
auf wirkliche Hilfe, auf echtes Erbarmen,
und obwohl sie eigentlich gar nichts mehr glauben,
haben sie immer noch leuchtende Augen.

Es ist wieder so weit, es weihnachtet sehr,
und wir tragen an unsren Geschenken so schwer,
und wir sind ja so jung und so irre gut drauf
und helfen schon mal jemand vom Boden auf.

Und das muß doch genügen, wir zahlen ja Steuern
und wählen doch Männer, die stets was beteuern,
und während wir denen alles glauben,
schleicht sich der Glanz aus unseren Augen.

Und es bläht sich und füllt sich das Portemonnaie,
und in die Taschen der Ärmsten rieselt der Schnee.

Der Himmel brennt

Jetzt hab i dacht, des is vorbei,
wennsd älter wirst, dann friert des ei,
und plötzlich brennt des oide Feuer wieder.

I steh auf oamoi wieder auf,
wenn d'Sonna aufgeht, und i brauch
koa Aspirin für meine müden Glieder.

Mi hats dawischt, der Himmel brennt,
i hab mi ganz in di verrennt,
i spür wieder die oide Melodie.

Mi hats dawischt, der Himmel brennt,
i hab mi ganz in di verrennt,
der Rhythmus bleibt, neu ist die Fantasie.

Auf oamoi san die Leid zu mir
so freundlich, und des liegt an dir.
Du hast mi wieder zu mir selber bracht.

Ob des der zwoate Frühling is,
ist mir egal, doch oans is gwiß:
Was früher für mich Tag war – war bloß Nacht.

Mi hats dawischt, der Himmel brennt,
i hab mi ganz in di verrennt,
i spür wieder die oide Melodie.

Mi hats dawischt, der Himmel brennt,
i hab mi ganz in di verrennt,
der Rhythmus bleibt, neu ist die Fantasie.

I woaß, nix kann für ewig sei,
wir lassen uns scho wieder frei.
Grad was ned ewig sei muaß,
hoit a Ewigkeit.

Und wenns a wieder dunkler wird,
i woaß, wie oans zum andern ghört,
und laß ma bis zum dritten Frühling Zeit.

Mi hats dawischt, der Himmel brennt,
i hab mi ganz in di verrennt,
i spür wieder die oide Melodie.

Mi hats dawischt, der Himmel brennt,
i hab mi ganz in di verrennt,
der Rhythmus bleibt, neu ist die Fantasie.

Anna Blume
(Variationen über ein Thema von Kurt Schwitters)

Ich lieb, ich liebe dir,
Anna Blume.
Ich lieb, ich liebe dir,
ich lieb, ich liebe dir, Anna Blume.

Oh, Anna Blume, ich liebe dir.
Du meiner dich dir,
du weiches Tier,
Anna Blume.

Oh, Anna Blume, love you I me,
one of you makes three,
you her she me,
Anna Blume,
oh, Anna Blume.

Oh, Anna Blume,
du liebes Tier,
du deiner dich dir,
du weibes Tier,
Anna Blume.

Oh, Anna Blume, moi j'aime toi,
ouvrez la porte,
vous deux sont toi.
Ich lieb, ich liebe dir,
Anna Blume.

Zigeuner ohne Sippe

Schon wieder dieses Schwanken,
dieses nichts und alles tun,
schon wieder viel zu müde,
um sich noch auszuruhn.

Du stellst dich auf die Straße
in Richtung Traum,
doch keiner nimmt dich mit,
die Richtung kennt man kaum.

Also weiter nach innen,
das Bewußtsein zerwühlen,
es geht tausend Stockwerk abwärts
mit den Selbstwertgefühlen.

Da erinnert dich doch was
an weichere Zeiten,
statt dessen nur noch Angst,
schon wieder auszugleiten.

Bist ein Zigeuner ohne Sippe,
ein Indianer ohne Stamm.
Bist ein Zigeuner ohne Sippe,
ein Indianer ohne Stamm.

So treibst du deine Tage,
deine Nächte vor dir her,
für die andern gut gestylt,
innerlich zum Bersten leer.

Du schnappst dir einen Pflasterstein
und hoffst, daß was zerbricht.
Doch was er auch erreichen mag,
dich selbst erreicht er nicht.

Du tauchst in Fleisch und Gifte ein,
versinken und vergessen,
doch was du dir auch überziehst,
dir ist nichts angemessen.

Du blutest, und das Schlimmste ist,
es tut dir nichts mehr weh,
was früher Geistesblüte war,
ist jetzt schon alter Schnee.

Bist ein Zigeuner ohne Sippe,
ein Indianer ohne Stamm.
Bist ein Zigeuner ohne Sippe,
ein Indianer ohne Stamm.

Dann halten dir Dämonen
deine Masken vors Gesicht,
du weißt, es bleibt dir kaum noch Zeit,
und die ist gegen dich.

Du kramst nach deiner Seele,
doch die ist gut versteckt,
von hartgewordnen Lügen
vereist und zugedeckt.

Du klammerst dich an Freunde,
vielleicht Gesang und Wein,
doch letzten Ends verreckt man
ausschließlich und allein.

Du ahnst erst ganz am Boden,
was dich allein erhebt,
es richtet sich nur auf,
wer aufrichtig lebt.

Bist ein Zigeuner ohne Sippe,
ein Indianer ohne Stamm.
Bist ein Zigeuner ohne Sippe,
ein Indianer ohne Stamm.

STILLES GLÜCK, TRAUTES HEIM
(1989)

Irgendwann
Opa
Fahrn ma weida, fahrn ma zu
(Weekend Runner)
Stilles Glück, trautes Heim
Sturmbannführer Meier
Alle haben recht
Vom Herzen
Die feine Gesellschaft
Die schönen Leute
Wieder Sperrstund im Kaffee

Irgendwann

Irgendwann mal muß es sein,
und dann pfeif ich auf daheim.
Laß alles liegen, wie es ist,
Segel werden dann gehißt.

Und dann einfach übers Meer
und den Vögeln hinterher.
Ein paar Kilo Kokain,
und der schnöden Welt entfliehn.

Feiste Leiber im Visier,
Philosoph und geiles Tier.
Mönch und Krieger. Nachts am Strand
mal ich Verse in den Sand.

In den letzten Paradiesen
einmal noch vor Glück zerfließen.
Schnell, bevor der Traum verfliegt,
denn die Dummheit hat gesiegt.

Keine Schecks und keine Banken,
kostenlos durchs Leben schwanken.
Nur noch mit den Fischen sprechen,
weil sie mich nicht unterbrechen.

Täglich kranken und genesen.
Sich besaufen an der Pracht.
Große bunte Zauberwesen
wachen über meiner Nacht.

Stündlich Sonnenuntergang,
und entfernt ein Saxophon.
Unvergleichlich süßer Klang –
Marianos Zauberton.

Aber irgend etwas zwingt mich
heimzukommen, hierzubleiben,
mich an diesem spröden Land
liebend, hassend aufzureiben.

Mag die Sonne noch so lachen,
hier liegt ach so vieles brach.
Hab noch einiges zu machen –
später, sicher, komm ich nach.

Und dann einfach übers Meer
und den Vögeln hinterher.
Ein paar Kilo Kokain,
und der schnöden Welt entfliehn.

Opa

Der Opa ist halt auch nicht mehr
das, was er einmal war.
Er tut sich halt a bisserl schwer
und denkt nicht mehr so klar.

Und außerdem, Sie glaubn's ja nicht,
was das für eine Arbeit macht:
Er schmutzt auf einmal fürchterlich
und röchelt in der Nacht.

Er war ja früher immerhin
noch nützlich fürs Geschäft:
als Nachtportier und dann als Boy –
mehr schlecht als recht.

Doch wirklich, im Vertraun,
auch wenn es einen quält,
der oide Mann kost nix wie Zeit –
und Zeit ist Geld.

Es tut uns allen furchtbar leid,
mir wird's ums Herz so bang:
Ich glaub fast, unsern Opa,
den habma nimmer lang.

Wir sind zwar alle engagiert
am ungebornen Leben,
retten Robben, helfen Schwalben
beim Eierlegen.

Ich selbst bin Präsident
vom Antidrogenverein.
Doch so ein alter Mann
gehört nun mal ins Heim!

Da baun's jetzt grad a neues
im Industriegebiet,
damit man die Senioren
nicht allzu häufig sieht.

Denn das Gehumple und Gehuste
in nächster Nachbarschaft
schafft schlechte Vibrations
und lähmt die Arbeitskraft.

Er wehrt sich zwar mit Händ und Füß,
doch besser jetzt wie nie:
Unser lieber Opa
verläßt uns morgen früh.

Was solln denn unsre Yuppies
von uns halten,
wenn wir sie konfrontieren
mit dem Alten.

Und unsre lieben Kleinen
so nah am großen Sterben –
wie soll denn da aus denen
noch was Ordentliches werden?

Und einmal jedes Jahr,
das müßte gehn,
sollten unsre lieben Kleinen
ihren Opa wiedersehn.

Frisch gebadet und drapiert
in einem Lehnstuhl vor der Tür.
Und dann singen sie im Chor:
Wir gratulieren dir! (Lieber Opa.)

Und wenn die Kleinen endlich groß sind,
dann lassen wir den Schnickschnack sein:
Dann schläfern wir den Opa
in aller Liebe endlich ein.

Fahrn ma weida, fahrn ma zua (Weekend Runner)

Auf gehts, nach Garda,
a Wochenend Zeit,
da surf ma ois nieder,
da mach ma uns breit.

Zwoa Opel Manta
und a Golf GTI,
in zwoa Stund samma untn,
des sog da i.

Fahrn ma weida,
fahrn ma weida,
fahrn ma zua,
fahrn ma zua,
fahrn ma weida,
Baby, fahrn ma zua.

Autobahn Salzburg,
die Preißn san schon da,
da brech ma durch
mit zwoahundert km/h.

Geschwindigkeit ist alles,
wir pfeifn aufn Woid,
presch ma schneller vorbei,
nacha stirbt a ned so boid.

Fahrn ma weida,
fahrn ma weida,
fahrn ma zua,
fahrn ma zua,
fahrn ma weida,
Baby, fahrn ma zua.

Da vorn habns schon wieder
an Unfall baut.
Devise Bleifuß,
da Schnitt sonst versaut.

Im Rückspiegel sieg i,
da is oana gstorbn.
Spezi, wennsd ned fahrn konnst,
dann bleibst hoid dahoam.

Fahrn ma weida,
fahrn ma weida,
fahrn ma zua,
fahrn ma zua,
fahrn ma weida,
Baby, fahrn ma zua.

Die Itaker stinka mi
von Haus aus o,
wei erstens hoaßt des Brenner
und ned Brennero.

Dann hupft da an der Grenz
a so a Kasperl umanand.
Geh Spezi, red Deitsch –
mir bringen Cash ins Land.

Fahrn ma weida,
fahrn ma weida,
fahrn ma zua,
fahrn ma zua,
fahrn ma weida,
Baby, fahrn ma zua.

Beim Giorgio auf a Weizn
und dann raus aufn See:
des is, was i
unter Freiheit versteh.

Auf d'Nacht gehts in d'Disco,
moi schaugn, ob was lauft –
wenn koane hergeht,
dann werd oane kauft.

Gehn ma weida,
gehn ma weida,
gehn ma zua,
gehn ma zua,
gehn ma weida,
Baby, gehn ma zua.

Zurück nach Minga,
mir macha Dampf,
nei in die Sportsitz
und auf in den Kampf.

Mir san die Weekend Runner
von München-Ost,
immer auf Achse,
und ab geht die Post.

Koana is schneller,
bei uns is was los.
Weekend Runner sind
gnadenlos.

Weekend Runner sind skrupellos.
Weekend Runner sind gnadenlos.
Weekend Runner sind ahnungslos.
Weekend Runner sind gnadenlos.
Weekend Runner sind hemmungslos.
Weekend Runner sind gnadenlos.

Stilles Glück, trautes Heim
(Eine deutsche Utopie)

Stilles Glück, trautes Heim,
keiner schaut zum Fenster rein.
Mutti strickt, Vati kickt
wochenends im Sportverein.

Freunde hat man einige,
zum Beispiel die Frau Reinecke,
und nebenan die Müllers, ja,
die sind auch ab und zu mal da.

Reihenhaus, Berg am Laim,
früher Asylantenheim,
doch das gibt's schon lang nicht mehr:
geschlossen von der Bürgerwehr.

Opa hat sich zwar entsetzt
nach Jamaica abgesetzt.
Doch der war, das ist bekannt,
schon unter Adolf Querulant.

Samstags nach der Tagesschau
schlägt Vati Mutti grün und blau,
denn wirklich will er, das ist klar,
zu Erwin in die Homobar.

Doch weil man das nicht machen soll,
kriegt Mutti halt die Hucke voll.
Die trifft sich dafür ab und an
mit dem Filialleiter von Tengelmann.

Tochter hat deutschen Mann,
Bubi steht für Deutschland stramm.
Und der deutsche Schäferhund
beißt auch manchmal ohne Grund.

Sonntags sitzt man beim Kaffee
voller Haß am Kanapee,
treu vereint und doch allein –
stilles Glück und trautes Heim.

Sturmbannführer Meier

»Das war aber wirklich höchste Zeit«,
meint Sturmbannführer Meier
und erstickt in Männerseligkeit.
»Ist doch wahr, Freunde, hol's der Geier –

da hat man sich vierzig Jahre lang
verstecken müssen und schweigen,
doch jetzt geht's wieder los.
Jetzt werden wir's denen
mal wieder so richtig zeigen!«

Und sie prosten sich zu. Sie sind erregt.
Die Freude hat sie wieder.
Und sie singen besoffen und bewegt
von neuem die alten Lieder.

Jetzt darf man ja wieder zur Fahne stehn.
Man gilt wieder was im Land.
Und ihre Schatten malen stumm
ihr Zeichen an die Wand.

Und Sturmbannführer Meier weint.
Er kann es noch gar nicht fassen.
Er sieht sein Deutschland schon wieder vereint,
und er hat wieder was zu hassen.

Wieder richtige Feinde im eigenen Land,
und man kann wieder auf was spucken.
Und das ganze Ausländergeschmeiß,
das hat sich jetzt kräftig zu ducken.

Dann stehn sie geschlossen, die Träne quillt,
denn Deutschland hat sie wieder.
Und dann singen sie, vereint wie einst,
von neuem ihr Lied der Lieder.

Denn über alles in der Welt
zählt nur das Vaterland.
Und ihre Schatten malen stumm
ihr Zeichen an die Wand.

Und Sturmbannführer Meier schwankt,
benebelt von seiner Klarheit.
»Uns hilft die Zeit und der Zeitgeist, Freunde,
und die historische Wahrheit.

Man wartet auf uns. Die Jugend zieht nach.
Wir haben noch was zu sagen.«
Und die Selbstherrlichkeit versteinert den Raum
und erstickt alle weiteren Fragen.

Sie prosten sich zu. Sie sind erregt.
Die Menschheit hat sie wieder.
Und sie singen besoffen und bewegt
von neuem die alten Lieder.

Und ihre Schatten lösen sich
allmählich von der Wand
und fliegen davon und verbreiten sich
schon wieder übers Land,
wieder mal übers Land.

Und sie fliegen behend und nisten sich ein
und sind schon so vielen willkommen,
haben da, wo die Angst am größten ist,
wieder mal Platz genommen.

Sie nennen sich neu und entsteigen doch alle
dem alten Morast, dem bekannten.
Nur von ferne mahnen die Dichter
und Ideen, die sie verbrannten.

Und jenen proste ich zu.
Die machen mir Mut.
Da kriegt mich die Freude wieder.
Und wenn sie mich dafür in Stücke haun.
Ich hoff, ich werde mich dann auch traun.
Und ich bin nicht allein, das ist mein Trost.
Herr Sturmbannführer Meier, Prost.
Wir trinken auf diese Lieder.

Alle haben recht

Ja, der Meier hat recht,
und der Müller hat recht,
und der Peter hat recht,
und die Mia hat recht.

Und der Kohl hat recht,
und der Wirsching hat recht.
Und vor allem hab ich
in erster Linie immer recht.

Meine Mutter hat recht,
ein Pfund Butter hat recht,
die Raketen haben recht,
und die, die beten, haben recht.

Ja, die Grünen haben recht,
und die, die sühnen, haben recht.
Alle Hünen sind im Recht,
und die auf Bühnen haben recht.

Alle, alle, alle habn se recht,
und den andern, andern, andern geht es schlecht.
Und so ist das ganze Menschengeschlecht
seit Jahrtausenden im Recht.

Alle wissen alles besser.
Und wenn's sein muß, mit dem Messer.
Körner- oder Leichenfresser,
immer findt sich ein Professor,
der ein letztes Urteil fällt,
das die Welt zusammenhält.

Alle Kritiker habn recht,
die Politiker habn recht,
und vor allem, nicht vergessen,
ich, ich, ich habe recht.

Alle Krieger haben recht,
denn sie nehmen sich ihr Recht,
und verliert man ein Gefecht,
dann verliert man das mit Recht.

Und die Richter haben recht,
manchmal haben Dichter recht,
nur die Armen haben kein Recht,
und Erbarmen ist schlecht.

Alle habn sie eine Meinung,
manchmal hilft eine Erscheinung:
Jutesack und Smokingjacke –
richtig ist nur meine Macke.

Alle, alle habn se recht,
und den andern, andern, andern geht es schlecht.
Und so ist das ganze Menschengeschlecht
seit Jahrtausenden im Recht.

Keiner fragt sich, ob vielleicht
seine Sicht der Welt nicht reicht,
und im Tanz der Wirklichkeiten
müssen alle weiterstreiten.
Und das Individuum
steht nur stumm im Abseits rum.

Alle, alle, alle, habn se recht,
und den andern, andern, andern geht es schlecht.
Und so fliegt das ganze Menschengeschlecht
in die Luft und das mit Recht, mit Recht!

Vom Herzen

Jetzt hab ich doch mein Herz verlorn an dich,
und hab deshalb kein Herz nicht mehr für mich.
Ach, würdest du mir deines geben,
dann müßt ich nicht mehr ohne leben.

Doch dann, mein Schatz,
und das ist was Gemeines,
hat keiner von uns beiden seines.

Es ist schon eine Plag mit diesen Herzen –
ich könnt ja noch das meinige verschmerzen,
doch lieb ich dich so sehr, du mußt verstehn,
daß ich's nicht schaff, dich ohne deins zu sehn.

Hätt jeder von uns zwein der Herzen zwei,
dann wärn wir für die große Liebe frei.
Doch wie's so aussieht, sollte man gut bedenken,
das eine Herz auf einmal zu verschenken.
Am Ende wärn wir beide ziemlich herzlos,
und dann, mein Schatz,
dann geht der große Schmerz los.

Jetzt hab ich doch mein Herz verlorn an dich,
und hab deshalb kein Herz nicht mehr für mich.
Und dann, wer weiß, wenn du mir deines gibst,
wie sehr du mich mit meinem liebst.
Am besten lassen wir es doch beim alten:
Ein jeder soll sein Herz für sich behalten.

Die feine Gesellschaft

Wieder tippeln sie los und machen Offerten,
verbeugen sich, stecken sich Schmiergelder zu,
erlaben sich in Kurkonzerten,
besichtigen Häuser in Malibu.
»Entzückend, gnä Frau, Ihr Kleid, keine Frage.
Nur erste Adresse. L.A., Paris.«
Und so weiter. Am Ende: »Wir sehn uns, die Tage.
Die Kurse steigen. Das Wetter ist mies.«

Die feine Gesellschaft am Rande des Abgrunds
hat immer noch alles fest im Griff.
Sie stehen am Ruder und lieben die Klippen
und verlassen als erste das sinkende Schiff.

Sie eröffnen am laufenden Band Galerien,
bestellen sich Kunst und Kleider en gros.
Tätigen wohl in den Tuillerien
und tätscheln dem Personal den Po.

»Pardon, ich wollte...
na, das kann doch passieren –
wir treffen uns im November, na klar –
soll doch der Pöbel zuhause frieren,
wir fahren mal wieder nach Sansibar.«*

Die feine Gesellschaft am Rande des Abgrunds
hat immer noch alles fest im Griff.
Sie stehen am Ruder und lieben die Klippen
und verlassen als erste das sinkende Schiff.

Manchmal treffen sie sich, geheim in Bünden,
kaufen sich wieder Politiker ein,
entstressen sich auf ihren Yachten und Pfründen,
schreiben sich in die Klatschspalten rein...

Ach, einmal möchten sie, so wie van Gogh,
an der Welt zerbrechen und an ihrem Genie!
Meine Herrschaften, etwas beruhigt mich doch:
Das schaffen sie nie!

Die feine Gesellschaft am Rande des Abgrunds
hat immer noch alles fest im Griff.
Sie stehen am Ruder und lieben die Klippen
und verlassen als erste das sinkende Schiff.

* Spätere Fassung der letzten zwei Zeilen: »Fotoausstellung: Ästhetik der Schlieren/statt Ibiza wieder mal Sansibar.«

Die schönen Leute

Sie sind entworfen in den Werbeagenturen
als fleischgewordene Umsatzhuren.
Sie stehen gerne stramm vor ihrem Zeitgeist,
weil der, wie sie, auf jeden Geist scheißt,
die schönen Leute,
die schönen Leute.

Schöne Leute sieht man öfters in der Zeitung,
meistens in noch schönerer Begleitung.
Sie sind gejagt von dem Gedanken, was man anzieht,
denn es gibt sie nur, wenn man sie ansieht,
die schönen Leute,
die schönen Leute.

Und die andern hocken stumm in ihren Ecken
und versuchen ihre Wampen zu verstecken,
schämen sich für ihre krummen Beine,
fühln sich ausgestoßen und alleine.
Und sie wärn so gerne, wie man eben heute
auszusehen hat, so wie die schönen Leute,
die schönen Leute,
die schönen Leute.

Schöne Leute sind auch manchmal einsam,
doch sie meistern ihre Einsamkeit gemeinsam.
Denn alleine, und das muß man auch verstehn,
haben sie Angst, sich einmal selber ins Gesicht zu sehn,
die schönen Leute,
die schönen Leute.

Und während andre ihre Armut gut verstecken
und still und heimlich vor sich hin verrecken,
machen sie die Beine breit für jede Mode
und amüsieren sich zu Tode,
die schönen Leute,
die schönen Leute.

Und während andre ihre Armut gut verstecken
und still und heimlich vor sich hin verrecken,
machen wir die Beine breit für jede Mode
und amüsieren uns zu Tode,
wir schönen Leute,
wir schönen Leute.

Wieder Sperrstund im Kaffee

Wieder Sperrstund im Kaffee,
der harte Kern bleibt eisern steh.
Der schöne Fritz probierts nomoi
und labert wia a Wasserfoi.

Doch Silvi macht si diesmal rar,
da Josef wart im Minicar,
der hat zur Zeit den besten Schmäh –
wieder Sperrstund im Kaffee.

Wieder Sperrstund im Kaffee,
es tuat hoit jedsmoi wieder weh.
Die Schönheit fällt bei grellem Licht
so mancher Schönheit vom Gesicht.

Ma hoit si fest am letzten Bier,
da Wecker jammert am Klavier,
der kann hoit a scho nimmer steh –
wieder Sperrstund im Kaffee.

Wieder Sperrstund im Kaffee,
und wieder nix im Portemonnaie.
All die schönen großen Thesen
werdn abgewaschen hinterm Tresen.

Die Stühl werdn auf die Tisch naufknoit,
und mir werds hoit ums Herz so koit,
kann immer bloß als letzter geh –
wieder Sperrstund im Kaffee.

Fahr zur Großhesseloher Bruckn,
werd a bisserl abaspuckn,
spring a bisserl hinterher,
fühl mi halt a bisserl leer.

Morgn auf d'Nacht die gleiche Szene,
und im Knopfloch eine Träne,
wieder eine Nacht passé –
wieder Sperrstund im Kaffee.

KONZERT 90
(1990)

Machen wir's zu dritt

Machen wir's zu dritt

Das Leben ist zu kurz, um sich zu streiten,
drum sollten wir den Horizont erweitern:
Wie wär's mit einer Orgie dann und wann,
da kommen Mann und Frau so schön zusamm.

Wir mußten viel zu lange züchtig bleiben,
drum wolln wir heute abend Unzucht treiben.
Zwar kennt ein guter Bürger Maß und Ziel,
doch gute Bürger gibt's schon viel zu viel.

Machen wir's doch einfach mal zu dritt,
vielleicht macht noch ein andrer mit.
Der Mensch soll nicht alleine bleiben
und sich die Zeit mit anderen vertreiben.

Machen wir's doch einfach mal zu dritt,
der Mond macht heute abend sicher mit –
wir wolln, statt weiter Kriege zu verlieren,
die Liebe lieber etwas variieren.

Jeder weiß die bessere Moral,
drum verläuft das Leben meist banal.
Wir wollen jetzt mal ohne leben
und unseren Trieben richtig Zunder geben.

Machen wir's doch einfach mal zu dritt,
der Mond macht heute abend sicher mit.
Ruf deinen Mann an, vielleicht hat er Zeit,
des Menschen Schoß und Herz sind ungeheuer weit.

Machen wir's doch einfach mal zu dritt,
der Mond macht heute abend sicher mit –
wir wolln, statt weiter Kriege zu verlieren,
die Liebe lieber etwas variieren.

CLASSICS
(1991)

Hexeneinmaleins (aktual. Fassung)
Prost Deutschland

Hexeneinmaleins*

Du mußt verstehn! Aus Eins mach Zehn,
und Zwei laß gehn, und Drei mach gleich,
so bist du reich. Verlier die Vier!
Aus Fünf und Sechs – so sagt die Hex –
mach Sieben und Acht, so ist's vollbracht:
Und Neun ist Eins, und Zehn ist keins.
Das ist das Hexeneinmaleins!

Immer noch werden Hexen verbrannt
auf den Scheiten der Ideologien.
Irgendwer ist immer der Böse im Land,
und dann kann man als Guter
und die Augen voll Sand
in die heiligen Kriege ziehn!

Als sie Giordano Bruno verbrannten
sandte sein Gott keine Blitze gegen das Unrecht
munter flackerte das Feuer
der Pöbel mußte manchmal husten zwischen zwei Lachern
so qualmte Giordano.
Oder Grandier
neben seinem Scheiterhaufen
sonnte sich Richelieu
vierzehn Nonnen
mit Klistierspritzen garniert
wälzten sich vor Wollust und Gier
und das christliche Abendland
sann befriedigt
nach weiteren guten Taten.

* Aktualisierte Fassung

Was hat dieser Ketzer mit uns zu tun
flötet unser Jahrhundert
doch
dreihundert Jahre später
konnte ein gewisser Trotzki
angeklagt
der Unzucht mit der Freiheit

das Haupt vom Dogmenbeil schon gespalten
dreihundert Jahre später
konnte dieser Trotzki
die Menschheit nur noch um Vergebung bitten
für seinen Henker.

Immer noch werden Hexen verbrannt
auf den Scheiten der Ideologien.
Irgendwer ist immer der Böse im Land,
und dann kann man als Guter
und die Augen voll Sand
in die heiligen Kriege ziehn!

Gerechter Krieg,
heiliger Krieg.
Nur, zum Teufel:
Welcher Gott ist denn nun der richtige?
Der glitzernde Gott der Börsianer vielleicht?
Und welcher Gott hat den Giftgasverkäufern
die Absolution erteilt?

Gibt es ein gerechtes Gas,
und wird es erst böse,
wenn es uns treffen könnte?

Gerechter Krieg,
heiliger Krieg.
In erster Linie ist es ein männlicher Krieg,
einer Wirtshausschlägerei nicht unähnlich.

Alle sind informiert,
und keiner weiß Bescheid.

Man spricht von Waffengang
und meint Verstümmelung,
sie verfehlen militärische Objekte
und meinen Tausende,
vielleicht sogar Hunderttausende von Toten.
Man nennt das alles rücksichtsvoll »Szenario«
und verschweigt den Massenmord.

Heimtückische Sprache,
die verschleiern soll,
daß es um Menschen geht.
Menschen mit Hoffnungen und Nöten,
keine Nationen und Bündnisse und Armeen,
sondern einzelne, verwundbare Menschen.

Aber laßt uns doch jetzt mal
die Möglichkeit ergreifen,
alles ganz anders zu versuchen,
wie einer,
der kurz vor seinem Tod noch das Leben
erleben und durchleben möchte,
ohne Rücksicht auf das Gequassel der
Zyniker und Drübersteher.
Laßt uns doch jetzt mal alles das versuchen,
was wir uns noch nie so richtig zugetraut haben.

Laßt uns freundlich sein,
wo wir feindlich sein sollten.
Laßt uns kindlich sein,
wo wir erwachsen sein sollten.

Laßt uns herzlich sein,
wo wir logisch sein sollten.
Laßt uns fraulich sein,
wo wir männlich sein sollten.

Daß diese Welt nie ende –
nur dafür laßt uns leben!

Prost Deutschland
(Zur Deutschen Einheit)

Komm, sing doch mal ein schönes Lied,
es sollte deutsch für Deutsche sein,
mit deutschem Mut, vereinten Sinns:
Ich weiß nicht, soll ich lachen, soll ich schrein.

Als könnte man stets überall
eindeutig Position beziehn,
ich bin verwirrt in diesem Fall
und komm mir vor wie ausgeliehn.

Ob deutsches Blut, ob deutscher Geist,
ob deutscher Stahl, ob deutscher Sand,
mir fehlt nun mal, was soll ich tun,
das rechte Herz fürs Vaterland.

Vielleicht bin ich ein alter Sack,
der noch von achtundsechzig träumt,
von Bier und Beifall aufgeschwemmt,
schon lang den letzten Zug versäumt.

Doch träum ich immer noch und bleib
verrückt nach meinen Utopien –
die allerdings hat man mir hier
wie damals drüben nie verziehn.

Ich singe deutsch, so gut ich's kann
und lieg sehr gern am Isarstrand,
und doch, mir fehlt es nun einmal,
das rechte Herz fürs Vaterland.

Jetzt rasen sie zum Ausverkauf,
die Wucherer und Makler und
das ganze Leichenschänderpack,
und tun sich groß und geben kund

und grölen von der alten Mär,
vom Wunder, das zu guter Letzt
nur ihnen hilft, und übrig bleibt
ein Volk: verraten, aufgehetzt.

Man müßte es behutsam und
besonnen pflegen, dieses Pfand –
ich weiß, schon gut, mir fehlt nun mal
das rechte Herz fürs Vaterland.

Und wo versteckt man heute die,
die kürzlich wirklich vorneweg
als neue klare Melodie
die Füße stemmten in den Dreck.

Wer hat das alles eingeheimst?
In welchen Schlund fiel diese Zeit,
fiel dieser viel zu kurze Herbst
der Wärme und der Einigkeit?

Was war das doch für ein Triumph,
als Mauern bröckelten zu Sand –
da hatte ich für kurze Zeit
ein Herz für dieses Vaterland.

Prost Deutschland! Alles Gute und
ich hoff, du hältst, was man verspricht.
Ich lach und streite gern mit dir,
doch mit dir jubeln,
mir dir jubeln will ich erstmal nicht!

SCHTONK
(1992)

Tango Joe

Tango Joe

Er wär so gern der Terminator
und wird doch meistens terminiert.
An ihm hat sich, so scheint's, das Leben
für ein Glückskind revanchiert.

Ihm kann fast jede widerstehen,
doch ein Geheimnis wahrt sein Mund,
es ist ihm tags nicht anzusehen,
den Namen tut er keinem kund.

Nachts nämlich holt er die Pomade
aus seinem Arsenal,
und dann, mit stolz geschwellter Wade,
erobert er das Tanzlokal.

Und wenn dann der Tango ruft,
dann kann er er selber sein.
Ja, dann treiben die Geigen ihn grad
in den siebenten Himmel hinein.

Die Damen werden schwach
und seufzen geschlossen: Ach,
so wie der gleitet und schreitet,
das kann nur der Tango Joe sein.

Nachts nämlich holt der die Pomade
aus seinem Arsenal,
und dann, mit stolz geschwellter Wade,
erobert er das Tanzlokal.

Wenn dann der Tango ruft,
dann kann er er selber sein,
dann treiben die Geigen ihn grad
in den siebenten Himmel hinein.

Die Damen werden schwach
und seufzen geschlossen: Ach,
so wie der schreitet und gleitet,
das kann nur der Tango Joe sein.

Ja, wenn dann der Tango ruft,
dann kann er er selber sein,
ja, dann treiben die Geigen ihn grad
in den siebenten Himmel hinein.

Die Damen werden schwach
und seufzen geschlossen: Ach,
so wie der gleitet und schreitet,
das kann nur der Tango Joe sein.

UFERLOS

(1993)

Uferlos

Was haben sich die Jahre überstürzt
in all den Jahren –
nichts ist geblieben, was so bleibend schien.
Genug war nie genug für mich:
um alles zu erfahren,
beschloß ich, vor der Hölle nicht zu fliehn.

Oh – sicherlich kein allzu edles Leben,
nie perfekt und immer zwischendrin,
nie gefeit dagegen zu versinken, abzuheben,
aber immerhin – immerhin:

uferlos.

Das geht nicht ohne Risse,
ohne Narben, ohne Falten,
und da entrüstet sich so mancher brave Mann.
Doch will ich mich halt weiter selbst
erfinden und gestalten,
auch kotzt mich diese Bravheit meistens an.

Oh – sicherlich kein allzu braves Leben,
manchmal ohne Ziel und ohne Sinn,
hab mir sicher oft zu viel gegeben,
aber immerhin:

uferlos.

Und wieder wuchtet nun der Fluß
den Winter durch die Stadt,
er spült die alten Zeiten fort ins Meer,
er überflutet alles, hat wie ich die Grenzen satt,
die Gatter sind geöffnet, und ich stürze hinterher:

uferlos.

Was ich an dir mag

Was ich an dir mag, ist unbeschreibbar,
ist ein ungeschriebenes Gedicht,
besser ich beschränke mich aufs Staunen,
mag dich weiter und erklär dich nicht.

Was ich an dir mag, ist das Geheime,
jedes Wort zuviel ist schon Gefahr,
denn so schnell verfällt ins Allgemeine,
was zuvor so ganz besonders war.

Ist es deine Stimme, sind es deine Hände,
ach – dein ganzes Wesen fesselt mich,
um dich zu beschreiben, bräucht es Bände,
besser sag ich schlicht: Ich liebe dich.

Was ich an dir mag, ist ohne Frage
auch ein Teil von dem, was in mir ist,
was ich mir erhoffe, auch was ich beklage,
alles, was man an sich selbst vermißt.

Manchmal ist's dein Gang
und manches Mal dein Lachen,
manchmal deine Frechheit, deine Wut.
Eins ist nicht genug – was soll ich machen,
was ich an dir mag: Du tust mir gut.

Was ich an dir mag, ist ohne Frage
auch ein Teil von dem, was in mir ist,
was ich mir erhoffe, auch was ich beklage,
alles, was man an sich selbst vermißt.

Liebeslied im alten Stil

Komm, mein Lieb, wir lassen uns
den Fluß hinuntertreiben,
keiner weiß, wohin das Ganze führt.
Ganz egal, wie wir hernach zusammen bleiben,
Hauptsache, wir haben uns gespürt.

Was für ein Gefühl,
tiefer als das Meer,
doch wie tief ist das Meer?

Komm, mein Lieb, wir lassen uns
den Fluß hinuntertreiben,
tun mal wieder so, wie's früher war –
Wellen schlagen sanft, und aus den Wiesen steigen,
sagt man, weiße Nebel, wunderbar.

Was für ein Gefühl,
tiefer als das Meer,
doch wie tief ist das Meer?

Komm, mein Lieb, wir lassen uns
den Fluß hinuntertreiben,
legen alles ab, was uns beengt.
Was für eine Fahrt! Die Erde dampft,
die Trommeln schweigen,
nur noch dieses Wollen, das uns drängt.

Was für ein Gefühl,
tiefer als das Meer,
doch wie tief ist das Meer?

Komm, mein Lieb, wir lassen uns
den Fluß hinuntertreiben,
laß uns schrecklich unvernünftig sein,
und anstatt uns an den Ängsten
endlich aufzureiben,
dringen wir unendlich in uns ein.

Was für ein Gefühl,
tiefer als das Meer,
doch wie tief ist das Meer?

Sage Nein!

Wenn sie jetzt ganz unverhohlen
wieder Nazi-Lieder johlen,
über Juden Witze machen,
über Menschenrechte lachen,
wenn sie dann in lauten Tönen
saufend ihrer Dummheit frönen,
denn am Deutschen hinterm Tresen
muß nun mal die Welt genesen,
dann steh auf und misch dich ein:
Sage nein!

Meistens rückt dann ein Herr Wichtig
die Geschichte wieder richtig,
faselt von der Auschwitzlüge,
leider kennt man's zur Genüge –
mach dich stark und bring dich ein,
zeig es diesem dummen Schwein:
Sage nein!

Ob als Penner oder Sänger,
Bänker oder Müßiggänger,
ob als Priester oder Lehrer,
Hausfrau oder Straßenkehrer,
ob du sechs bist oder hundert,
sei nicht nur erschreckt, verwundert,
tobe, zürne, bring dich ein:
Sage nein!

Und wenn aufgeblasne Herren
dir galant den Weg versperren,
ihre Blicke unter Lallen
nur in deinen Ausschnitt fallen,
wenn sie prahlen von der Alten,
die sie sich zu Hause halten,
denn das Weib ist nur was wert
wie dereinst – an Heim und Herd,
tritt nicht ein in den Verein:
Sage nein!

Und wenn sie in deiner Schule
plötzlich lästern über Schwule,
schwarze Kinder spüren lassen,
wie sie andre Rassen hassen,
Lehrer, anstatt auszusterben,
Deutschland wieder braun verfärben,
hab dann keine Angst zu schrein:
Sage nein!

Ob als Penner oder Sänger,
Bänker oder Müßiggänger,
ob als Schüler oder Lehrer,
Hausfrau oder Straßenkehrer,
ob du sechs bist oder hundert,
sei nicht nur erschreckt, verwundert,
tobe, zürne, bring dich ein:
Sage nein!

Die Ballade von Antonio Amadeu Kiowa

Siehst as Willy, jetzt is doch scho a Zeit her, daß wir uns as letzte Mal gesprochen habn. Vor über zwanzig Jahren bin ich an deinem Grab gestanden und hab mei ganze Wut rauslassen. Konnst di no erinnern, Willy, woaßt as no?

Gestern habns an Willy daschlagn,
und heit, und heit, und heit,
heit werd a begrabn.

Lange Zeit hab ich dieses Lied nicht mehr gesungen, Willy, und ehrlich gsagt, i hab koa rechte Lust mehr ghabt, mich um die Politik zu kümmern. Ma braucht a immer wieder seine Auszeiten, wo ma sich um sich selber kümmern muß, wo ma einfach uferlos vor sich hin leben will.

Und dann hat sich alles so überstürzt. Mit einem Schlag sind die schönsten Utopien zerplatzt, innerhalb von einer Nacht hat sich die ganze Welt verändert. Und das war eine berauschende, eine wundervolle Nacht, wie die die Mauer zerschlagen haben. Ja, Willy, du hast schon richtig gehört, die Mauer ist weg, Deutschland ist wiedervereinigt. Wenigstens auf dem Papier.

Aber man hat halt wieder alles falsch gemacht, was falsch zu machen war. Unsere Flottmänner haben in Windeseile die DDR aufgekauft, wildgewordene Versicherungsvertreter sind wie die biblische Heuschreckenplage über das Land hergefallen, und unsere Politiker, diese mutierten Gebrauchtwagenhändler, haben es wieder fallenlassen. Und drüben will sich jetzt keiner mehr daran erinnern, wie begeistert sie dem Kohl zugejubelt haben, weil er ihnen wunderschöne Videorecorder versprochen hat.

Und jetzt: Arbeitslosigkeit und eine große Leere im Herzen – der bunte Vogel Freiheit hat ganz schön die Flügel gestutzt bekommen, und die Mauer zwischen den Deutschen scheint unüberwindbarer als jemals zuvor. Aber wer ein Volk bescheißt und betrügt, der muß halt damit rechnen, daß es durchdreht. Und sie drehen alle durch, Willy, du kannst dir gar nicht vorstellen, was los ist. Deutschland brennt, Willy, und solche wie du sind rar geworden.

Gestern habns an Willy daschlagn,
und heit, und heit, und heit,
heit fangt des ois wieder an.

Hast as schreien ghört, in Rostock, Willy, du muaßts doch ghört habn, Ausländer, Asylanten, die Ärmsten und Schwächsten habn sich diese Feiglinge natürlich ausgesucht. Aber die dummen Buben waren gar nicht das Schlimmste, sondern diese ganze feixende und Beifall klatschende Meute, die drum rum gestanden ist. Ja, Willy, Beifall hams geklatscht, während über hundert Vietnamesen verzweifelt um Hilfe geschrien haben. Und vorher in Hoyerswerda, in Hünxe und dann in Mölln und, und, und…

Weißt du noch, wie sie damals den Staat aufgerüstet haben gegen die RAF? Grad jetzt in München haben sie beim Weltwirtschaftsgipfel Armeen angekarrt, um den Staat gegen hundert Leut mit ihre Trillerpfeifen zu schützen, aber da ging's halt gegen hohe Politiker, wertvollere Menschen anscheinend, weil jetzt, jetzt macht die Polizei einen Schichtwechsel, wenn Vietnamesen abgefackelt werden und Neger aufgeklatscht. Abfackeln, aufklatschen, ja wo samma denn, Willy – und glaubst du, einer unserer Politiker hätte sich persönlich entschuldigt, nix da, als Antwort auf diese Schweinereien haben sie versprochen, das Asylproblem in den Griff zu bekommen –

dem Mob recht geben, nur um an der Macht zu bleiben und die nächsten Wahlen zu gewinnen, pfui Deife, Willy, pfui Deife!

Gestern habns an Willy daschlagn,
und heit, und heit, und heit,
heit fangt des ois wieder an.

Gestern habns an Willy daschlagn,
und heit, und heit, und heit,
heit fangt des ois wieder an.

Na, Willy, du bist schon nicht mehr allein mit deinem Schicksal, und vielleicht habt ihr euch im Himmel drobn sogar getroffen, der schwarze Amadeu und du, und er hat dir seine Geschichte schon verzählt, aber trotzdem, trotzdem muß man's immer wieder rausschreien, vielleicht kannst du dich an das Gedicht noch erinnern, vom Pfarrer Niemöller:

»Als die Nazis die Kommunisten holten,
habe ich geschwiegen;
ich war ja kein Kommunist.

Als sie die Sozialdemokraten einsperrten,
habe ich geschwiegen;
ich war ja kein Sozialdemokrat.

Als sie die Gewerkschafter holten,
habe ich geschwiegen;
ich war ja kein Gewerkschafter.

Und als sie mich holten,
gab es keinen mehr, der protestieren konnte.«

Ja, den Amadeu, den Angolaner, den habns daschlagn, datreten, weil er Neger war, weils ihrn Spaß haben wollten, und drei Polizisten sind dabeigstanden und wollten »mit dieser Gruppe nicht in Konflikt geraten.« Siehst as jetzt, wia weit ma wieder san? »Deutschland den Deutschen«, grölts durch Eberswalde, und mit Baseballschlägern und Messern gehts den Negern an den Kragen. Die laufen um ihr Leben, Willy, aber oan dawischns no, und Eberswalde schweigt dazu, denn a bisserl lästig warns halt doch, die vielen Neger, und dann kreisen sie den Amadeu ein und schubsen ihn herum, ja ma wird doch an so an Neger noch a bisserl schubsen dürfa, und der Antonio Amadeu Kiowa versteht die Welt nicht mehr und zittert und schreit, und Eberswalde schweigt dazu, aber Deutschland gehört nun mal den Deutschen. Klar, sie haben sich's ja alle verdient, ein sauberes, ein reiches Land, und dann ziehen sich die Glatzen Kapuzen übern Kopf und binden sich Tücher vors Gesicht, wie im richtigen Kino, und dann springen sie dem Amadeu mit ihren schweren Stiefeln ins Gesicht, immer und immer wieder. Willy, mein Gott, Willy, mir kanntn di wieder so braucha, wir alle braucha doch oan wies du oana bist, Willy, da muaß doch was gscheng, da müaß ma doch was doa, alle miteinander:

Gestern habns an Amadeu daschlagn,
aber heit, aber heit, aber heit,
heit halt ma zsamm.

Gestern habns an Amadeu daschlagn,
aber heit, aber heit, aber heit,
heit halt ma zsamm.

Kleines Herbstlied

Der Sommer geht vorbei,
und all seine Lieder
legen sich bis zum Mai
zum Sterben nieder.

Der Sommer geht vorüber,
mit ihm ein Fetzen Leben,
die Tage merklich trüber,
das Herz schlägt leicht daneben.

Der Sommer geht vorbei,
und mit ihm stirbt mein Sehnen,
die letzte Liebelei,
die Lügen und die Tränen.

Der Sommer geht dahin,
die Frage wird zur Qual:
Wer weiß, ob ich noch bin
beim nächsten Mal?

Der Sommer geht vorbei,
doch dieses Sterben
wird bald, wie nebenbei,
ein Blühen werden.

Kokain

Meine Seele löst sich, fliegt dahin.
Kokain, Kokain.
Will nicht bleiben, will nicht fliehn.
Kokain, Kokain.
Wenn im Winter Wiesen blühn.
Kokain, Kokain.
Höllenfeuer übern Himmel ziehn.
Kokain, Kokain.

Hol mich raus, ich kann nicht mehr,
alles Leichte wird so schwer,
und was gilt, das geht dahin.
Kokain, Kokain.

Schwäne singen in den Tuillerien.
Kokain, Kokain.
Abgehangen in den Galaxien.
Kokain, Kokain.
Eingesperrt in meinen Phantasien.
Kokain, Kokain.
Weiß nicht mehr, woher, wohin.
Kokain, Kokain.

Hol mich raus, ich kann nicht mehr,
alles Leichte wird so schwer,
und was gilt, das geht dahin.
Kokain, Kokain.

Bin nicht wirklich, bin nur ausgeliehn.
Kokain, Kokain.
Nur noch Nacht, wo früher Sonne schien.
Kokain, Kokain.
Baust mich auf und bist doch mein Ruin.
Kokain, Kokain.
Baust mich auf und bist doch mein Ruin.
Kokain, Kokain.

Hol mich raus, ich kann nicht mehr,
alles Leichte wird so schwer,
und was gilt, das geht dahin.
Kokain.

Alles Leichte wird so schwer,
und was gilt, das geht dahin.
Kokain.

Tropenträume

Das ist die hohe Zeit der Tropenträume,
ein Flügelschlag nur bis zum Meer,
und alles, was ich jetzt versäume,
erreicht mich bis ins Grab nicht mehr.

Versoffner Mond und dunkle Weine,
das Leben schlägt die Phantasie!
Ein schwuler Priester schwingt die Beine,
er ist der Star der Travestie.

Da wuchern wieder Kindheitsträume,
das Wunderland Calafia,
das ich erst spät durch dunkle Räume
im Drogentaumel wiedersah.

Der Tod hat viel zu schwere Flügel,
ihn hält es nicht in meinen Höhn.
Er ist das Pferd. Ich halt die Zügel.
Er überdauert. Ich werd überstehn.

Nur weiter, wo die Schiffe dösen,
dem letzten Hafen hinterher,
dort, wo die Blumen alles Bösen
dem Sumpf entblühen, bunt und schwer,
bunt und schwer.

Es ist der alte Rausch der Meere,
der meine Fieberträume nährt.
Dahinter öffnet sich die Leere
und eine Stille, die verzehrt.

Ich bin dem Sanften nicht gewogen,
auch langweilt mich der milde Blick,
mich hat das Feuer großgezogen,
zum Feuer will ich auch zurück.

Nur weiter, wo die Schiffe dösen,
dem letzten Hafen hinterher,
dort, wo die Blumen alles Bösen
dem Sumpf entblühen, bunt und schwer,
bunt und schwer.

Das ist die hohe Zeit der Tropenträume,
ein Flügelschlag nur bis zum Meer,
und alles, was ich jetzt versäume,
erreicht mich bis ins Grab nicht mehr.

Das brandet an. Das ist das Fieber,
das aller Völker Mutter war.
Aus diesem Stoff ist das Gefieder
der Engel. Weiß und wunderbar.

Nur weiter, wo die Schiffe dösen,
dem letzten Hafen hinterher,
dort, wo die Blumen alles Bösen
dem Sumpf entblühen, bunt und schwer,
bunt und schwer.

Ich habe Angst

Mein Freund, was soll ich dir schreiben –
es friert einen in diesem Land.
Ich rate dir dringend zu bleiben,
anstatt dich hier aufzureiben,
hier wird manch einer wieder verbrannt.

Man könnte um Deutschland weinen.
Der Mob fühlt sich schon im Parnaß,
erst wollten wir uns vereinen,
und jetzt eint uns nur noch der Haß.

Und wenn du, wie früher, von mir
Lieder der Hoffnung verlangst –
da ist zwar ein Sehnen in mir,
aber eigentlich habe ich Angst.

Ich hab Angst um die Kinder und Narren,
die Verwundbaren und die Bizarren,
um die Suchenden und die Verirrten,
Komödianten und geistig Verwirrten,
um die seitlich Umgeknickten,
um die Liebenden und die Verrückten,
alle, die sich verschwenden, verschenken,
die sich selber durchs Leben lenken,
alle, die mit dem Herzen denken.
Und natürlich, so selbstlos bin ich nicht:
Ich hab Angst um dich und mich.

Vor den Toren türmen sich Leichen,
der Moloch hinter dem Zaun
läßt sich nicht mehr erweichen,
auch nicht angesichts all der bleichen
geschändeten Kinder und Fraun.

Und wer kann die Mörder noch halten?
Die Gerechten möchte ich sehn,
die dann den Urgewalten
der Massen widerstehn.

Und wenn du, wie früher, von mir
Lieder der Hoffnung verlangst –
da ist zwar ein Sehnen in mir,
aber eigentlich habe ich Angst.

Ich hab Angst um die Kinder und Narren,
die Verwundbaren und die Bizarren,
um die Suchenden und die Verirrten,
Komödianten und geistig Verwirrten,
um die seitlich Umgeknickten,
um die Liebenden und die Verrückten,
alle, die sich verschwenden, verschenken,
die sich selber durchs Leben lenken,
alle, die mit dem Herzen denken.
Und natürlich, so selbstlos bin ich nicht:
Ich hab Angst um dich und mich.

Questa nuova realtà

Was für eine Nacht –
so warm und geduldig,
setzt euch näher zu uns her,
schenk noch einmal ein.

Heute spricht mal keiner
den anderen schuldig,
heute läßt mal jeder
den andern anders sein.

E non dirmi che è già tardi
e per le strade si spengono i caffè.
Forse la tua donna ti ha lasciato,
ma che cosa vuoi che sia.

Questo mondo gira in fretta
ed è tutto una follia.
Il fascismo che ritorna
da Berlino fino a Roma.

E prendiamoci per mano
sui dintorni della sera,
lei ci porterà lontano
fra le luci dell'aurora.

Lascia fare tutto al cuore,
lascia dirgli le parole,
lascia entrare
questa nuova realtà.

Was für eine Nacht –
nur Spinner und Brahmanen,
keine Parolen,
schenk lieber noch mal ein.

Das wird ein Fest –
ohne Marschmusik und Fahnen,
ohne Waffen und Grenzen,
lieber grenzenlos Wein.

E prendiamoci per mano
sui dintorni della sera,
lei ci porterà lontano
fra le luci dell'aurora.

Lascia fare tutto al cuore,
lascia dirgli le parole,
lascia entrare
questa nuova realtà.

Freunde, rücken wir zusammen,
denn es züngeln schon die Flammen,
und die Dummheit macht sich wieder einmal breit.

Laßt uns miteinander reden,
und umarmen wir jetzt jeden,
der uns braucht in dieser bitterkalten Zeit.

Übersetzung des italienischen Textes:

Sag mir nicht, daß es schon zu spät sei,
auch wenn in den Cafés
schon die Lichter ausgehen.
Vielleicht hat dich deine Frau verlassen,
aber was ist das schon groß.

Diese Welt dreht sich geschwind,
und es ist alles Irrsinn.
Der Faschismus kehrt zurück,
von Berlin bis Rom.

Und jetzt nehmen wir uns bei den Händen,
umgeben vom Abend.
Er wird uns weit führen,
bis in die Lichter des Morgens.

Laß alles das Herz tun,
laß es seine Sprache sprechen,
laß sie herein, diese neue Wirklichkeit.

Bildlegenden

Bildnachweis

Global Musik/Franz Fagner: 199
Archiv Dorothea und Alexander Wecker: 200, 201, 202, 203, 214
Archiv Konstantin Wecker: 206, 208, 216
Archiv Konstantin Wecker/Marek & Seeberger: 204
Archiv Konstantin Wecker/Eva Schnyder: 205
Archiv Konstantin Wecker/Reiner Pohl: 211
Polydor Hamburg/Calle Hesslefors: 207
Albert Karras: 209, 210, 213
Herlinde Koelbl: 212
Barbara Twardon: 215

Textquellennachweis

Der Abdruck der folgenden Liedtexte erfolgt mit freundlicher Genehmigung des Arabella Musikverlags:

Das Lied vom abgeschnittenen Glied/Der Spielmann/Die Irren/Lauscher hinterm Baum/Meine Leiche/Sie war ein Mittelmaß/Sommer war's

Der Abdruck der folgenden Liedtexte erfolgt mit freundlicher Genehmigung der Musik-Edition Discoton:

Abgesang eines Gefangenen/Der dumme Bub/Der Model Blues/Die Ballade vom Dackel Waldi/Die Bienen/Dorthin mit dir/Du bist so häßlich/Flieg oder stirb/Heit schaugn die Madln wia Äpfel aus/Ich hab zum Sterben kein Talent/Ich habe deinen Körper ausgebeutet/Ich lebe immer am Strand/Ich möchte etwas bleibend Böses machen/Ich singe, weil ich ein Lied hab/Lang mi ned o/Laufen Sie doch mal Amok/Liebeslied/Reisezeit/So ein saudummer Tag/Spinnen/Straßenbahnballade/Susi/Waidmanns Heil/Wenn der Sommer nicht mehr weit ist/Wenn ich erst Minister bin/Wenn ich Makler wär/Zwischenräume

Der Abdruck der folgenden Liedtexte erfolgt mit freundlicher Genehmigung der Edition Wecker des Global Musikverlags:

Alle haben recht/Anna Blume/Bayernpower/Der Baum/Der Fachmann/Der Herr Richter/Der Himmel brennt/Der Wald/Die Ballade von Antonio Amadeu Kiowa/Die feine Gesellschaft/Die schönen Leute/Drunt in der Au/Es weihnachtet sehr/Fahrn ma weida, fahrn ma zua (Weekend Runner)/Fangt mi wirklich koaner auf/Ich habe Angst/Image/Irgendwann/Kleines Herbstlied/Kokain/Laß mi wieder falln/Liebeslied im alten Stil/Machen wir's zu dritt/Niemand kann die Liebe binden/Oma/Opa/Prost Deutschland/Questa nuova realtà/Sage Nein!/San koane Geign da?/Stilles Glück, trautes Heim/Sturmbannführer Meier/Tango Joe/Tropenträume/Uferlos/Vom Herzen/Was ich an dir mag/Weil du fort bist/Wieder dahoam/Wieder Sperrstund im Kaffee/Zigeuner ohne Sippe

Der Abdruck der folgenden Liedtexte erfolgt mit freundlicher Genehmigung des Ehrenwirth Verlags:

Über die Zärtlichkeit/Was man sich merken muß

Der Abdruck der folgenden Liedtexte erfolgt mit freundlicher Genehmigung des Global Musikverlags:

Ach, du mein schauriges Vaterland/Anna/Anneliese/Ballade vom Puff, das Freiheit heißt/Bleib nicht liegen/Brich auf, Geliebte/D'Zigeiner san kumma/Das macht mir Mut/Das wird eine schöne Zeit/Der alte Kaiser/Der dumme Bub II/Der Schutzengel/Die Weiße Rose/Du mußt dir alles geben/Du wolltest ein Stück Himmel/Eine ganze Menge leben/Einen braucht der Mensch zum Treten/Endlich wieder unten/Es ist schon in Ordnung/Es könnte schon gehen/Es sind nicht immer die Lauten stark/Fast ein Held/Frieden im Land/Genug ist nicht genug/Hexeneinmaleins/Hexeneinmaleins (aktual. Fassung)/Ich liebe diese Hure/Ich möchte weiterhin verwundbar sein/Im Namen des Wahnsinns/In diesen Nächten/Inwendig warm/Liebes Leben/Liebesflug/Lied vom Mannsein/Lösungslotterie/Manche Nächte/Manchmal weine ich sehr/Mei, was is bloß aus mir wordn/Mensch, gib acht!/Morgn samma dod/Noch lädt die Erde ein/Nur dafür laßt uns leben/Oamoi von vorn ofanga/Renn lieber, renn/Revoluzzer/Schafft Huren, Diebe, Ketzer her/So bleibt vieles ungeschrieben/Stur die Straße lang/Totgeboren, aber nicht verloren/Und dann/Und das soll dann alles gewesen sein/Und ging davon/Vater, laß mi raus/Vaterland/Verehrter Herr Richter/Vom Frieren/Vom Weinstock und den Reben/Warum sie geht/Was passierte in den Jahren/Was tat man den Mädchen/Wenn unsre Brüder kommen/Wer nicht genießt, ist ungenießbar/Wieder eine Nacht allein/Willy

Der Abdruck der folgenden Liedtexte erfolgt mit freundlicher Genehmigung des Heinz Karow Musikverlags:

Dann pack ich meine Zähne aus/Der Lindenbaum/Die Tote/Mein linker Arm/Wieder dort sein

Der Abdruck der folgenden Liedtexte erfolgt mit freundlicher Genehmigung des Musikon Musikverlags:

Als würd ich mit ihr schlafen/Haberfeldtreiben/So möcht ich nicht begraben sein/Triviale Litanei (Manuskript)/Weckerleuchten/Zirkus

Liedindex

Discographie

DIE SADOPOETISCHEN GESÄNGE DES
KONSTANTIN AMADEUS WECKER (1972; Ariola)

ICH LEBE IMMER AM STRAND (1974; Polydor)

WECKERLEUCHTEN (1976; Polydor)

GENUG IST NICHT GENUG (1977; Polydor)

LIEDERBUCH (1977; Polydor)

EINE GANZE MENGE LEBEN (1978; Polydor)

KONSTANTIN WECKER LIVE (1979; Polydor)

LIEBESFLUG (1981; Polydor)

LIVE IN MÜNCHEN (1981; Polydor)

DAS MACHT MIR MUT (1982; Polydor)

WECKER (1982; Polydor)

FILMMUSIKEN (1983; Polydor)

IM NAMEN DES WAHNSINNS (1983; Polydor)

LIEBESBEKENNTNISSE (1983; Polydor)

INWENDIG WARM (1984; Polydor)

JETZT EINE INSEL FINDEN (1986; Polydor)

WIEDER DAHOAM (1986; Polydor)

KIR ROYAL (Filmmusik) (1986; Bellaphon)

SO BLEIBT VIELES UNGESCHRIEBEN (1986; Polydor)

KONSTANTIN WECKER (1986; Polydor)

LIVE IN AUSTRIA (1987; Polydor)

GANZ SCHÖN WECKER (1988; Ariola/Global)

STILLES GLÜCK, TRAUTES HEIM (1989; Ariola/Global)

KONZERT 90 (1990; Ariola/Global)

CLASSICS (1991; Ariola/Global)

SCHTONK (Filmmusik) (1992; Ariola/Global)

UFERLOS (1993; Ariola/Global)

EIN MANN FÜR JEDE TONART (Filmmusik) (1993; Edelton)

DAS BESTE VON KONSTANTIN WECKER – ZEITLOS (1993; Polydor)

LIVE IN SALZBURG (1994; Ariola/Global)

Jethro Tull Songbook

512 Seiten · 17 Schwarz-Weiß-Fotos
17 x 24 cm · Gebunden
DM 49,50 · ÖS 389,- · SFr 51,20 · ISBN 3-9802298-5-8

Das Buch enthält die kompletten autorisierten Songtexte (englisch-deutsch), persönliche Kommentare von Ian Anderson und bislang unveröffentlichte Fotos. Das Songbook ist auch in einer rein englischen Ausgabe erhältlich.

Bob Seymore

THE END

Der Tod von Jim Morrison

Aus dem Englischen von Kathrin Razum

166 Seiten · 16 Schwarz-Weiß-Fotos
13,5 x 21 cm · Gebunden
DM 29,80 · ÖS 233,- · SFr 31,- · ISBN 3-9802298-7-4

THE END beschreibt erstmals seriös und umfassend die Hintergründe von Jim Morrisons Tod.